Babai në shishe

Tregime

SHTEPIA BOTUESE

"SHKRIMTARI"

Copyrights@2019, Perparim Kapllani

Toronto,

Canada

Ky libër I kushtohet tim eti.

Nënë Nazja hodhi tutje velenxat e bëra me lëkurë delesh dhe u ngrit vrik në këmbë e tromaksur. Hodhi vështrimin nga dritarja e shtëpisë së drunjtë për të lexuar kohën. Orë nuk kishte dhe akrepa imagjinarë për të ishin vetullat e hënës që ngryseshin e qesheshin mbi kurorën e pemës së arrës, atje në mes të oborrit. Ndezi kandilin me vajguri me një fije shkrepse dhe i fryu kongjijve të oxhakut, ku ende flinin ca shkëndija zjarri. "Ora mund të jetë katër e mëngjesit! Nëse nuk nisem tani për në qytet do të më zërë vapa në Bregun e Daulles dhe shpatet e honet do të ma marrin shpirtin",-tha nënë Nazja me zë. Veshi fustanellën, poshtë tyre çitjanet e bardha dhe të gjera, hodhi mbi supe xhubletën e qëndisur për merak dhe vuri në kokë një shami të bardhë si bora. Që një ditë më parë kishte bërë gati një thes me patate, të cilat i kishte nxjerrë vetë nga toka, një thes me gështenja të shkundura nga pema prapa shtëpisë prej druri, një shportë me mollë të kuqe flakë, shtatë kurora me luleshtrydhe të këputura pranë shpellës së ariut për nipçen 7-vjeçar, tre kavanozë me lakra të regjura, që nusja e djalit të madh i kishte aq shumë qejf, dy kavanozë me mjaltë, një shportë me arra, një napë me djathë të bërë vetë e të shtypur nën zallet petashuqë e …pak kulloshtër.

Fshati Polis Gur Shpatë, ndodhej në majë të maleve, përtej Bregut të Daulles, shumë më afër kupës së qiellit, sesa pranë Elbasanit që shtrihej poshtë afro 7 orë rrugë larg në këmbë. Fshati ndodhej po aq larg nga Librazhdi, i fshehur pas ca maleve që fshiheshin pas reve tekanjoze, që ngarkoheshin herë pas here me shi. Veshi opingat prej lëkure dhe bëri një përpjekje të mundimshme për të ngritur ngarkesën që duhej të mbërrinte në shtëpinë e djalit të madh, në qytet. Një thes i stërmadh bezeje të murrme e brenda tij ca thasë të tjerë më të vegjël, të rëndë gurë, si dhe tre shporta të mbushura plot. U përkul dhe mbajti frymën. E tërhoqi thesin lart me krahët e saj të këputur, por nuk e ngriti dot. "Qyqja, më kanë lënë fuqitë," tha prapë me zë. "Po më afrohet vdekja!" Ndoshta duhej të lehtësonte pak ngarkesën e rëndë që do të mbërrinte në qytet pas një udhëtimi në këmbë. Zgjidhi thesin e nxorri ca kokrra patate, të mbuluara nga një e verdhë hënore. I zbrazi në dyshemenë prej balte dhe ndjeu një sëmbim në zemër. Ju duk sikur këputi diçka nga trupi i saj ende i ngrohtë nga velenxat. E kapi përsëri thesin nga gryka, por thesi ishte i rëndë tmerrësisht. Hoqi një kavanoz me lakra, zbrazi edhe disa mollë, dy grushte me gështenja...Iu duk, sikur nga ai thes po zbrazej e gjithë dashuria dhe malli i saj për nipçet që po e prisnin atje, në qytetin e largët. Plakën në fshat e thërrisnin "Jakupore"! Kështu ishte zakon, brez pas brezi t'i thërrisnin gratë në atë fshat, në emrin e burrave. Ndoshta krahina e Polis Gur Shpatës, mund të ishte e vetmja në të gjithë Shqipërinë, që kishte këtë zakon të lashtë e patriarkal, thirrjen e grave jo me emrin e tyre, me të cilin kishin lindur, por me emrin e burrit, duke i shtuar emrit të këtij të fundit prapashtesën "ore" në fund. Nëse burri quhej "Qerim", gruaja detyrimisht do të thërritej nga bashkëfshatarët "Qerimore"! Djali i plakës e kishte emrin "Besim" dhe ajo kishte qejf, ndjente një ngazëllim gati shpërthyes, kur e thërriste gruan nga qyteti "Besimore"! Fshati i Polis Gur Shpatës u ngjallte banorëve të vet një krenari të verbër e thuajse mitike. Të gjithë fshatarët, nga më i madhi e gjer te më i vogli, të shpjegonin se "Polis" vjen nga greqishtja e vjetër dhe se "Polisi" mijëra vjet më parë ishte një qytet i mrekullueshëm ilir, i harruar nga koha. Ky fshat myslimanësh shqiptarë edhe dialektin e vet të gegërishtes e kishte krejtësisht të veçantë: përshembull dritares i thuhej "dollap". Kur dikush donte të largonte dikë, i drejtohej me fjalët: "ik, mor kshul!" Ndërsa kur ftonte dikë që t'i afrohej më pranë përdorte fjalët: "Eja, mër kho!" Plaka kujtoi për një çast burrin e saj Jakupin, vdekur afro katër vjet më parë e ndjeu dhimbje. Të ishte ai gjallë do ta kishte më të lehtë, nuk do të ngarkohej kështu si mushka.

"Mbase duhet të ha pak e të marr fuqi, para se të nisem!" belbëzoi Jakuporja. Mori një kupë balte e hodhi mbi të pak fasule të lëna pranë zjarrit që nga mbrëmja, si dhe theu nja dy copa buke misri, të ngurosur. Hëngri shpejt e shpejt disa lugë e piu pak dhallë të përzier me kastravec të grirë që ajo e quante "tarator" e psherëtiu lehtë. Tani po, mund të bënte përsëri përpjekje që ta ngrinte atë thes të mbushur. U ul në gjunjë dhe e mbështeti thesin në kurriz. Vuri njërën nga shportat në kokë dhe dy të tjerat i mbajti me dorën e majtë, ndërsa me dorën e djathtë shtrëngoi fort shkopin e pleqërisë me dorezë të gdhendur arre. Tani po! Mund të nisej për në qytet, atje ku e prisnin dy nipçet, nusja bukuroshe dhe djali i saj i madh që kishte afro 7 muaj pa e parë me sy. Përfytyroi çastin kur do të shfaqej në derën e apartamentit të tyre në qytet, kërcimin në qafë të vogëlushëve, puthjet dhe përqafimin e nuses, si dhe krenarinë e fshehur të djalit të madh. Ngriti gjunjët dhe ja...ngarkesa tejet e rëndë po i bindej. Një hap dy, tre, u lëkund paksa dhe e tmerruar qëndroi në vend, vetëm pak metra larg pragut të shtëpisë. Flladi i mëngjesit që po afronte i përkëdheli disi fytyrën e rreshkur nga vuajtjet dhe vitet. Duhej patjetër ta çonte atë ngarkesë në qytet, me shpirt në dhëmbë, gjallë a vdekur, nuk kishte rrugë tjetër. U fut në shtegun pranë rrëkesë së ujit e shpejtoi këmbët. Plaka u ul ngadalë mbi një gur të rrumbullakët si kokë e prerë njeriu dhe mori frymë thellë. Bregu i Daulles po i merrte ngadalë shpirtin në çdo hap që po hidhte. Ato të ngjitura e të zbritura nëpër gërxhe të kreshpëruar po ja hanin zemrën një çikë e nga një çikë; ndjeu se po i sosej durimi dhe fuqitë po i shteroheshin.

"Of! Oooof!",-psherëtiu plaka e me kurrizin e dorës së majtë u përpoq të largonte gjembat e ferrave që i kishin çjerrur fytyrën. Disa rrëkeza të holla gjaku i kishin zbritur gjer në gushën e fishkur dhe ajo as nuk i kishte ndier. Pikat e djersës i kishin zbritur në cepat e syve dhe kripa e asaj djerse të athët po e hante për së gjalli. Edhe ai pak shikim po i mjegullohej: kishte afro dhjetë vjet që ishte pothuajse e verbër: shkonte gati çdo vit në Elbasan të hiqte perdet e bardha që i vishnin sytë, por shikimi i turbullohej gjithnjë e më tepër. Ishte e sëmurë dhe kockat i krisnin sa herë që binte shi.

I hodhi një vështrim Bregut të Daulles e për herë të parë vrau mendjen se pse ajo kodër fantazëm, e egër, e thepisur, madhështore, kishte marrë atë emër. Ndoshta që nga kohët e lashta ishte bërë zakon që fshatarët e lajmëronin njëri tjetrin, duke dalë në majë të kodrës e i binin daulleve, kur në shtëpi u lindte ndonjë fëmijë a u trokiste gjëma. Daullet e Luftës dëgjoheshin për herë të parë pikërisht aty, në majë të atij shkëmbi natyral, që ngrihej si një grusht i zemëruar njeriu drejt qiellit. Krenaria e fshatarëve matej pikërisht me kohën që kishin shpenzuar për të kapërcyer Bregun e Daulles. Në atë masiv shkëmbor të rrethuar me gremina njëqind metra të thella, që gjendeshin nga të gjitha anët kishte edhe kafshë të egra: arinj të murrmë, që u aviteshin shtëpive të fshatarëve, dhelpra. Dhi të egra, lepuj, kope ujqish të uritur, qenë stanesh

të egërsuar që të bënin në një qind copa për hiçgjë.

Plaka i kishte marrë parasysh të gjitha: shkarjen në

greminë në të qindtat e sekondës, kafshimin e tërbuar të

ndonjë qeni stani që mund t' i dilte parasysh si rrufeja në

qiellin e kaltër; mos o zot, ndonjë masë e madhe e murrme me

dy nofulla të hapura dhe panxhat e ariut të malit, që ushqehej

duke shqyer kosheret e bletëve të atyre anëve.

"Më ndihmo, o i madhi zot, t' ua dërgoj këto fruta,

këtë pak djathtë, këto luleshtrydhe e një çikëz mjaltë fëmijëve

të mi, që i kam si drita e syrit. Më bëfsh copa, vetëm më lër dy

gisht shpirt që të mbërrij në qytet e t'ua jap me dorë këto gjëra

të mira fëmijëve të mi. T'i shoh e të më shohin, t' i përqafoj

fort e t'i puth, e pastaj bëj ç'të duash!"-mërmëriti plaka e

mbylli sytë. U ul në gjunjë e nguli shkopin e pleqërisë mbi

shkëmb. Bregu i Daulles po i shteronte fuqitë, po i merrte

erzin, frymën po ia rëndonte sa s' kishte ku të vinte. Shtrëngoi nofullat. Dhëmbët artificialë që ia kishte bërë i biri tre vjet më parë filluan të kërcitnin… Thatë, si nofullat e një të vdekuri. Dora e majtë i kapi një pllakë guri. Kaloi gishtat e djersitur mbi të: ishte një pllakë varri; ndodhej mes një varreze të vjetër qindra vjeçare… Po ecte mbi eshtra të panjohura nën dritën e hënës.   "Tobenstafkurullah," tha një fjalë së cilës nuk ia dinte as vetë kuptimin, por që shprehte frikë, keqardhje, mëshirë dhe tmerr. Besonte në botën e përtejme e priti me ankth ndonjë takim të mundshëm me fantazmat. Përfytyroi fytyrën e egërsuar të të shoqit, ndërsa ky pinte duhan të dredhur me gishta, një duhan të trashë e të fortë të ngjashëm për nga shija më puron kubaneze. Asgjë nuk ndodhi! Nuk pa asnjë fantazëm lëkurëbardhë! Asnjë kapuçon të zi! Asnjë fantazëm të vetme. Fantazmat flinin në trurin e saj të lodhur nga rruga e gjatë dhe mundimi. Eh, sa do të kënaqeshin ata vogëlushë kërthinj! Ah, si do t'i hidheshin në qafë. Do ta shtrëngonin fort me ato krahë delikatë. Të veckël e paqësorë!   Një buzëqeshje e ëmbël hyjnore i mbiu në cepat e buzëve të thara nga etja. Nuk donte të mendonte as për arinjtë e rastësishëm, as për kopenë e ujqërve, as për qentë e panumërt të staneve të asaj nate. Donte të mbërrinte me çdo kusht atje, në qytet, ku e prisnin nipçet. Kokrrat e patateve po e vrisnin aq shumë në kurriz, si gurë varresh. Veten e ndjeu si një mushkë fshati që po jepte shpirt nën dengun e rënduar të ditës që po lindte. Të gjitha gratë e atij fshati ngarkoheshin kështu: dimër dhe verë: një tufë e madhe drush në majë të kokës dhe burri që ecte mbi mushkë pas gruas. Skenë, jo e viteve të shekullit të tetëmbëdhjetë, por e shekullit të njëzetëenjë. Ndërsa sillte në mendje ato skena fshatareske të panumërta, plaka nuk e kishte vënë re lindjen e pafajshme të diellit. Rrezet e para kishin rënë mbi fshatrat poshtë, pa kapur dot qafën e malit që ndodhej ende në errësirë. Një ylber gjigand, si dy buzë gruaje kishin puthur luginën poshtë Bregut të mallkuar të Daulles, ndërsa gjelat e parë lajmëronin me zërat e tyre të çjerrë agimin e rradhës. Kishte lindur një ditë e re.

Plaka nuk po mbante mend më sesa kishte ecur! Djersët vazhdonin t'i rridhnin çurk nga balli i fishkur, ndërsa thesi i rëndë po i bëhej si një arkivol në kurriz. Për një çast mendoi se më mirë do të ishte që ta flakte atë ngarkesë diku e të shpejtonte hapat e lodhur për në qytet, sa pa e zënë vapa. Ujë rrugës nuk kishte dhe stina e e verës atë vit kishte mbërritur e thatë, aq e thatë, sa gryka të çahej nga etja. Nuk donte të ndalonte që të kthente paguren me ujin e ngrohur tashmë…Po të ndalonte, këmbët nuk do t'i bënin më…Shpejtoi hapat e shtrëngoi dhëmbët artificialë! Po si mund të hidhte patatet që i kishte nxjerrë me ato gishta të gjakosur nga toka? Nipçet i piqnin ato patate të freskëta e të mëdha në sobë! Hidheshin përpjetë nga gëzimi dhe hareja, kur thyenin me çekiç arrët e mbledhura. Plaka i sillte ato fruta nga fshati. Jo se nuk kishte në qytet, por ato mollë e luleshtrydhe e mbushnin apartamentin me erën e fshatit, ku kishte lindur biri i saj.

Kafshoi buzën me dhembje. "Po si moj e mallkuar harrove të merrje një tas me kos, nga ai kosi që prihet me thikë, moj të shpëlaftë mortja!" mallkoi plaka. Kujtoi se kosin e bërë vetë e kishte harruar pranë dritares. Një rrymë ajri e nxehtë iu avit në fytyrë, ndërsa këmba e majtë i rrëshqiti ngadalë. Një forcë e padukshme e tërhoqi nga pas, sikur ta kishte kapur nga flokët, por plaka nuk e ndjeu. Mendjen e kishte atje në qytet, tek nipçet që e prisnin dhe gëzimin e tyre të madh, kur gjyshja u sillte të gjithë fshatin në kurriz. Nuk e ndjeu trupin që këputej, as kockat që thyheshin ne majat e thepisur. Trupi filloi t' i rrokullisej qindra metra poshtë, pa zhurmë, butësisht, si një trup pa shpirt, i vdekur. U përpoq të merrte frymë, por një gulçimë gjaku i kishte mbushur gojën. Ndjeu tëmthat t'i rëndoheshin, t'i çaheshin nga presioni i ajrit. Hapi sytë. Bregu i Daulles, ai breg i mallkuar kishte marrë përmasat e një kokë kryeneçe njeriu dhe po e përqeshte. Dëgjoi një bubëllimë që po afrohej me shpejtësinë e zërit. Koka gjigande nxori gjuhën dhe e përqeshi. Dy veshë të

14

mëdhenj si veshë elefantësh u lëkundën rëndë -rëndë. Ishte një mirazh, një ëndërr e keqe, ndodhej patjetër në delir.

"Më duhet të shlodhem! Duhet të bëj pak pushim!" tha plaka! Psherëtiu thellë dhe mbylli sytë perjetesisht.

Piktori i nguli sytë fotografisë dhe kaloi gishtat gungaçë në flokët e shkapërdredhur. Atelieja i ngjante një Vaterloje në miniaturë, ku vetë ai, Napoleoni fatkeq, më në fund i ishte dorëzuar asaj ushtrie lapsash, furçash, bojërash, vizatimesh pa mbarim e gjithfarë portretesh të të vdekurve. Kishin kaluar orë dhe ditë të tëra dhe ai nuk po mundte ta riprodhonte dot atë fotografi. Duhej të rikrijonte artistikisht atë që nuk ishte më, që nuk ekzistonte, por që përtej vdekjes kërkonte të rivinte sërisht në botën e të gjallëve, përmes ngjyrave të freskëta dhe ravijëzimeve të mbushura me dritëhije të zbehta e të ëmbla.

Psherëtiu thellë. Në rininë e hershme ishte marrë me skulpturë. Pas përmbysjes së komunizmit, filloi të merrej me skalitjen e pllakave të varreve. E nisi si për t'u eglendisur, por ajo punë tashmë po i mbante me të ardhurat e saj krejt familjen prej nëntë anëtarësh. Babain e kishte pasur hoxhë gjatë Luftës së Dytë Botërore dhe ai i kishte lënë një mësim:

"Është sevap të punosh me të vdekurit!"

Për një portret të rëndomtë piktori merrte njëqind mijë lekë të vjetra. Për një skalitje në mermer dyqind mijë lekë. Për një bust, çmimi mund të arrinte gjer në gjysmë milioni lekësh. Teknika e punimit të varreve kishte ndryshuar së tepërmi. Njerëzit tashmë kërkonin për të afërmit e tyre të humbur jo vetëm portrete, por edhe gardhe hekuri me forma fantastike, çati të kuqe, të hirta a të zeza, buste të madhësive të ndryshme për vajza a gra të reja apo thjesht vizatime për djem, që ishin ndarë nga jeta në lulen e rinisë, për shkak të aksidenteve automobilistike a plumbave të hakmarrjes. Puna iu shtua shumë, aq sa një numër të madh porosish filloi t'i kthejë mbrapsht.

Shtëpinë e kishte vetëm pak metra larg nga varrezat e Sharrës. Dera e shtëpisë ishte ndanë rrugës kryesore, nga kalonin të paktën tre herë në ditë karvanët mortorë, që përcillnin të afërmit për në banesën e fundit. Që nga dita kur mori në dorë porosinë e parë kishin kaluar plot pesë vjet. Portretet e tij tashmë ndodheshin gati në çdo pllakë varri. Kishte ngritur një ekspozitë të tërë portretesh njerëzore, një ekspozitë të gjallë e natyrale, jashtë mureve të galerisë, pikërisht atje, në natyrë, nën rrezet e diellit a breshërinë e shiut. Që kur paraja hyri në mes, filloi të mendojë seriozisht për pikturën, madje filloi të lexojë gjithçka që kishte të bënte me këtë art të veçantë e tërheqës.

Ktheu një gotë ujë e mori në dorë një libër për Onufrin, shqiptarin e lindur në shekullin XVI. Ikonat e tij i kishin ngjallur përherë një kërshëri të pashpjegueshme. Onufri pikturoi në Berat në vitin 1547, në Kostur në vitin 1555, në Shelcan e në qytete të tjera. Ngjyra e kuqe e Onufrit ishte një nga sekretet e mëdha që ai piktor shqiptar e mori me vete në varr. Ngjyra e kuqe ishte një sekret për shumë piktorë profesionistë. Për të si piktor amator ishte më shumë se një sekret. Mori përsëri fotografinë në dorë dhe nguli vështrimin në ata dy sy të mbyllur përjetësisht. Fotografia tregonte një djalë të shtrirë në shtratin e vdekjes, me duart e kryqëzuara mbi trup. Ishte një fotografi bardh e zi, një fiksim celuloid i çastit më të fundit të një djali njëzetvjeçar, të vdekur nga kanceri një muaj më parë. Trokiti dera. Me sytë ende të ngulur në atë fotografi, piktori e hapi, pa denjuar të shihte se kush ishte në prag. Ishte përsëri ajo: një grua plakë, e shkurtër, rreth të gjashtëdhjetave. Shamia e zezë e zisë i kishte rrëshqitur disi në supin e majtë. Piktori i bëri me shenjë të gjente një vend përt'u ulur, ndërsa vazhdoi të mbante parasysh atë fotografi.

"E kisha djalë të vetëm! Kjo është e vetmja fotografi e tim biri. Sa ishte gjallë, nuk i bëra asnjë fotografi. Ishim shumë të varfër. Ende jetoj në fshatin më të largët të Tiranës, ku ha pula gurë. Dua që kur ta pikturosh, ta pikturosh me sytë hapur. Se si do t'ia hapësh sytë, kjo është puna jote. Hap gojën, sa para do dhe unë do të të përgjigjem!" Plaka futi dorën me rrëmbim në një çantë plastmasi të zi dhe që andej nxori dy tufa bankënotash një mikë lekëshe të lidhura. Filloi të numërojë me nervozizëm bankënotat, ndërsa me bisht të syrit ndoqi reagimin e piktorit, që kishte ngelur i ngrirë përpara asaj fotografie. Plaka numëroi me zë të lartë, duke ndarë fjalët në rrokje. Tingujt e fjalëve ngjiteshin në tavan në formën e një spiraleje të zhurmshme. Qetësia ishte thyer përfundimisht. Madje ishte arratisur edhe era e mirë e luleve, që mbillnin vajzat e tij në oborr. Kundërmimi i atyre luleve të freskëta, i qindra manushaqeve blu, violetë, të bardhë, tulipanëve të kuq, të zinj, trëndafilave rozë, të verdhë, mimozave pushverdha...., e zhyste në punë kënaqësisht, sa herë që vajzat e devotshme të piktorit i prashisnin, mbillnin, apo i këputnin për të formuar me to tufat a kurorat për të vdekurit. Plaka me atë këmbënguljen e vet të marrë po i shkatërronte bukurinë dhe ndjesinë estetike që i jepte përherë puna. E ndjeu veten të përbuzur, ndërsa ajo kishte arritur të numëronte gjer në dyqind mijë lekë të vjetra shqiptare. Dyqind mijë lekë vetëm për një portret të thjeshtë, një kopjeje të rëndomtë të origjinalit.

"Jam shumë e varfër! Shita çfarë kisha të shtrenjtë në shtëpi dhe ja: kaq u bënë të gjitha. Hapi sytë djalit dhe këto para janë të tuat!" Tha plaka e u plandos në karrigen më të afërt.

Piktori i dalloi lotët t'i rridhnin nga sytë, duart e mpira dhe të thara. Vërejti sërisht fotografinë. Në fytyrën e zbehtë të djaloshit nuk lëvizte as edhe një muskul i vetëm. Qerpikët i kishte të gjatë, të kthyer, si të një vajze. Mjekrën e kishte të mprehtë dhe hundën të rregullt. Flokët kaçurrela, pis të zinj. Ballin e kishte të madh, të hapur. Mori lapsin në dorë dhe bëri një vijë mbi letër. Ai vështrim duhet të kishte qenë i gjallë, i sinqertë, i vrullshëm, i hedhur shkujdesur.

"Kur hapen sytë, duhet të lëvizin edhe muskujt e fytyrës. Është një lëvizje e lehtë, delikate, e padukshme. Mimika e krijuar me hapjen e mbylljen e syve krijon një shprehje të veçantë, një identitet të ri njerëzor," belbëzoi me vete. Vërejti vetullat. Vetulla të trasha, të zeza. Kur sytë hapen, vetullat lëvizin. Marrin pjesë në ndërtimin e shikimit, të identitetit njerëzor.

Hodhi vija të tjera mbi letër. Plaka iu afrua. Nga pas shpinës dëgjoi rënkimin e saj të zvargur dhe një "jo" të dhimbshme. Sytë nuk ishin ato të djalit të asaj gruaje të mjerë.

Nuk e kuptoi sa kohë kishte kaluar me laps në dorë përballë atyre fletëve të bardha që nuk donin të jepeshin. Kishte vdekur shikimi. Sytë janë pasqyra e shpirtit njerëzor. Sytë janë i vetmi organ njerëzor i njeriut që nuk plaken. Sytë janë dy diejt e ngrohtë të jetës. Kur mbyllen ata, dita perëndon dhe mbretëron errësira. Nga pak filloi të urrejë vetveten. Kishte humbur përgjithmonë sigurinë. Ndjesia se mund të arrinte të hapte ata sy po shuhej ngadalë. I dukej vetja si i mpirë, i pafuqishëm.

Plaka vazhdonte të rrudhte buzët në shenjë mosmiratimi të plotë. Vinte në atelienë e tij gati çdo ditë për të parë se si ecte projekti i mbetur në letër. A do të dilte i gjallë i biri i saj i vetëm në portretin që do të vendosej në pllakën e varrit?

Piktori kafshoi buzën nga turpi, mundimi dhe dhembja. E ndjeu veten të dërmuar, një hedhurinë në rrugë. Nisi të kuptojë të vërtetën e tmerrshme se ai nuk ishte një piktor, por thjesht një amator, një tregtar i rëndomtë, që kishte vendosur të bënte para, duke u tallur me ndjenjat e të afërmve të atyre njerëzve që nuk ishin më. Ishte fajtor.

Njëherë vendosi të hiqte dorë përfundimisht. T'i kthente fotografinë plakës e t'ia thoshte hapur se ajo punë nuk bëhej. Mbylli sytë. Ai trup i shtrirë, ata sy të mbyllur nuk lëviznin. Nuk donin të jepnin shenjë jete. Lapsat, furçat dhe bojërat nuk hynin më në punë. Nuk ishte gjë tjetër, veçse një dështak i mjerë. Humbameno! Kaloi gishtat mbi fotografi. Një zë i brendshëm filloi t'i dalë që nga thellësia e qenies.

"Më ndihmo të të sjell përsëri në botën e të gjallëve! Më trego për ato ditë kur nëna të zgjonte në mëngjes e të jepte për të pirë. Më trego, kur të lante e të fërkonte me ujin e nxehtë, trupin, gjymtyrët. Ti duhet të më ndihmosh. Plaka e shkretë të kërkon të gjallë në portret." Piktori kruajti sërish gurmazin e tharë. Mollëzat e gishtit kaluan përsëri mbi kapakët e syve të asaj kufome. Hodhi një vijë në letër. Një vijë tjetër. Edhe një tjetër. Përsëri buzët e rrudhura të plakës. Ditë të tjera pune për të fiksuar në telajo atë shikim të vdekur.

Piktori nuk mbajti mend se sa ditë kaluan kështu. I lodhur një ditë po flinte mbi letra. Po bënte një gjumë të ëmbël. Pa fotografinë të lëvizte nga vendi dhe të ngrihej në këmbë. Figurina kishte marrë përmasat e zakonshme njerëzore dhe po ecte drejt tij. Ia nguli vështrimin e tij të tronditur drejt e në sytë e përgjakur nga kureshtja. Djaloshi iu duk sikur i tha se i kërkonte falje që e kishte munduar aq shumë. Hapi sytë.

Kishte qenë ëndërr. Hodhi një vijë mbi letër. Edhe një tjetër. Iu duk se kishte arritur të bënte diçka. Plaka erdhi të nesërmen. I nguli sytë mbi portret dhe qau.

"Ja, ky është im bir!" Përqafoi fort piktorin dhe puthi portretin në buzë. Hapi çantën dhe nxori paratë. Atë çantë e merrte gjithnjë me vete, sa herë që i ndizej shpresa se më në fund do të shihte atë dritë të humbur sysh.

Piktori i shtyu dorën lehtazi në shenjë kundërshtimi. Kujtoi fjalët e babait dhe mbështeti kurrizin e lodhur pas karriges së drunjtë. Këtë herë ishte vërtet diçka madhështore të punoje me të vdekurit.

Gruaja lëshoi një klithmë të zvargur, e cila plotësoi kuadrin e asaj skene të rëndomtë, që përsëritej me mijëra vjet: derë e shqyer përdhunshëm, trupa lakuriq dhe amorfë, çarçafë të zhubravitur, bishta cigaresh të zbërthylta, perde të mbyllura tinëzisht, një dorë dhe një thikë burrërore, që kërkonte hakmarrje, sy dhelpre që dëshironin t'i përvidheshin grackës.

Dashnori i shtrirë përdhe përfytyroi veten të lundronte në një pellg të ndotur gjaku. E tërë kënaqësia aventurore, e cila kishte vazhduar muaj me radhë nën atë fshehtësi të ëmbël e të mistershme, ishte prishur me frymën e shenjtë. Takimet dashurore nën petkun e vetmisë e të sfidës, karriera, nderi i sipërfaqshëm, me të cilin mbështillnin mëkatin e tyre në rrethin e ngushtë të familjes të rëndomtët e kësaj bote, të gjitha morën fund.

Gjinjtë e saj të gurtë gati sa nuk prekeshin nga maja e thikës vrasëse. Dekor i përhimtë. Qetësi varreze, ku askush nga të tre nuk mund të merrte kurajën të lëvizte sadopak.

Në subkoshiencë i zoti i shtëpisë, i përfytyroi të gjitha: kokën e prerë të gruas, brinjët e thyera të të panjohurit, qelinë e ftohtë të burgut, kënaqësinë lehtësuese të shpagimit, mjegullën e thashethemnajës, që do të pushtonte zonën e Marlee-t, ku jetonte një komunitet modest shqiptarësh. Befas, një dritë e ligë, e keqe, iu ndez në bebëzat e syve.

"Nxirr ç'ke në xhepa dhe ik!" ju drejtua me mllef burrit të panjohur, që ende rrinte i shtrirë në shtratin bashkëshortor.

Dashnori u kujtua se atë ditë nuk kishte asgjë në xhep, përveçse një monedhë të vjetër një dollarëshe, të shpuar, të cilën e kishte gjetur në rrugë rastësisht. U turr si i çmendur drejt rrobave të hedhura. Sa do të kishte dëshirë të dilte sa më parë nga ajo gjendje ekstaze dhe e dehur! Sekondat kalonin dhe atij i dukej se po vishte të mbathurat e të gjithë dashnorëve të botës. Me gishtat që i dridheshin nga frika dhe turpi, kërkoi portofolin. I futi gishtat gjithandej, por nuk po e gjente dot. Shtrëngoi fort dhëmbët! Ata dhëmbë që për pak i përfytyroi të thyer! Si dreqin nuk kishte të paktën një bankënotë njëzet dollarëshe? Sytë e femrës, me të cilën kishte bërë dashuri me muaj me radhë, sa herë që i ishte tekur, për herë të parë e panë me përçmim.

Gruaja ndjente vështrimin e të shoqit diku mbi shpinë, që dukej sikur i thoshte:

"Ja, sa vlen ai që ti ke zgjedhur për të më tradhtuar!"

Dashnori ndjeu një therje të fortë diku aty afër zemrës. Sa nuk klithi nga marazi i helmët. Po si nuk kishte marrë me vete portofolin, t'i tregonte se ai nuk ishte burrë njëdollarësh. As mund të mendohej në rrethana të tjera, që jeta e një njeriu të varej pikërisht nga një monedhë! As nuk ishte i sigurt, nëse do të mjaftonte ajo monedhëzë për ta shpëtuar nga ai udhëtim i padëshiruar për në botën tjetër! Mendja – masë e squllur dhe e paformë- i dallgëzonte e përplasej rreptësisht nëpër faqet e brendshme të kafkës. Ndonëse send pa shpirt, që nuk ta mbushte syrin, ajo monedhë në dorën që po i dridhej, po merrte vlerën e një diamanti të çmuar.

Hapi paksa gishtat e dorës dhe i mbylli përsëri tërë frikë. Nuk po guxonte t'ia jepte të zotit të shtëpisë, që priste me padurim. Vendin e turpit dalëngadalë po e zinte ndjesia për të shpëtuar nga ai makth me çdo kusht, ashtu si i mbyturi, që kapet gjithë shpresë mes vorbullës së ujit në një fije kashte. Duhej të shpëtonte. Le të ishte turp për të. E dashura e zemrës mund të zëvendësohej fare kollaj me gruan, që e priste në shtëpi. Ndoshta po e zinin hakat e saj... Hapi gishtërinjtë e mbyllur nga një ngërç i panjohur dhe ia lëshoi në dorë atë send shpëtimprurës dhe u mat të largohej nga sytë këmbët. Në çast

Mbretëresha Elisabet II e përqeshi me përçmim që nga monedha. Ra përmbys sa gjatë dhe gjerë. Një blanë e madhe gjaku i shpërtheu lulëkuq nga hundët. Përfytyrimi i mëparshëm e konkret i vdekjes po i lexohej në sy, flokë, krahë. U ngrit, duke mbledhur edhe forcat e fundit e u hoq rrëshqanthi si një shumëkëmbësh i gjorë drejt derës së daljes.

I zoti i shtëpisë e ndoqi edhe për pak sekonda zvarritjen nën atë hark triumfi të portës së shtëpisë, pak më parë të përlyer, e u kthye nga bashkëshortja, që më tepër se çdo gjë tjetër, ngjante me një të mundur për të cilën nuk duhet të kishte respekt. Para se të ndërmerrte ndonjë veprim të çmendur e të pakontrolluar, bashkëshorti ia nguli sytë monedhës i dalldisur. Përse duhet të kishte ngelur pikërisht vetëm një monedhëzë në xhepin e dashnorit? Hm! E shoqja e kishte tradhtuar me plot dëshirë dhe epsh të jashtëzakonshëm me një burrec njëdollarësh, të cilit s'mund t'i gjeje asgjë tjetër në xhep. Dashnori kishte qenë aq burrë i vockël, sa për pak i ishte jargavitur këmbëve nga tmerri dhe frika. Do të ishte

ndoshta më pak e dhimbshme për të, sikur ky dashnor të ishte i

pasur, a më i pashëm, apo të kishte diçka tjetër të veçantë, si

fjala vjen një palë sy të kaltër, dhëmbë të rregullt, buzë të

plota, krahë të fuqishëm, ose të ishte një nga ata,

intelektualët!!!

Dashnorin e kishte vërejtur me kujdes e s'kishte gjetur

asgjë nga këto, përveç faktit, që i ngjasonte me një eprorin e

gruas në punë. Fërkoi sërish monedhën me gishtat e dorës,

sikur donte ta pastronte e t'i jepte shkëlqim. Fundja, njësoj do

të ishte edhe sikur dashnori të ishte i pasur. Kjo s'kishte asnjë

rëndësi. Gruaja e paskësh tradhtuar për hiçgjë. Mungesa e

shkaktuar nga të qënit gjithnjë në punë, nuk duhej të ishte

shkak i ngutshëm për tradhti. Drita vezulluese e pak minutave

më parë i shkëlqeu përsëri në bebëzat e syve më fort se më

parë. Ia bëri me shenjë gruas të vishej, sikur të mos kishte ndodhur asgjë dhe u ul në karrige i përpirë nga një dyluftim i brendshëm zërash.

Që nga ajo ditë, në mëngjes, në drekë, në darkë prapë mëngjesin tjetër e kështu ditë me radhë, në një simfoni lëvizjesh të ngjethshme, burri filloi të ndiqte një ritual: të lozte me monedhën njëdollarëshe, që me përkëdheli e thërriste "loonie". Sendi i kotë shkëputej nga gishtat leshtorë, vërtitej në ajër në mënyrë spektakolare, binte rrufeshëm mbi tryezë dhe e ndalte vrapimin e çmendur në momentin, kur i peshonte pëllëmba mbi shpinë.

Gruas i mblidheshin si gjarpër në fyt ata rrathë të tejdukshëm në ajër. Si mundej vallë një send aq i vogël dhe i kotë t'i kushtonte të tëra mendimet e ditës, ëndrrat e rizgjuara të shtratit të "besnikërisë së përjetshme", ndjesitë? Asnjë fjalë e vrazhdë nga goja e tij, por as edhe një përkëdhelje. Ajo monedhë stoike dhe e akullt, ngërdheshej e dukej sikur me një
32

zë të metaltë i thoshte: "Po ta rrudh lëkurën, po ta zverdh fytyrën, vetullat po t'i trash, trupin po ta mbush me leshra, gushën po ta dhjamos. Po të humb të qenit femër!" Sa herë monedha rrotullohej në ajër, i bëhej sikur ulërinin një tufë ujkonjash të largëta. Ditët monotone, ngjyrë gri, merrnin formën e asaj monedhe në duart e të shoqit. Refren mortor, diçka e madhe dhe e panjohur. Fat i paracaktuar dhe mjet për hakmarrje. Detaj, megjithatë, i vogël dhe i parëndësishëm.

Në fillim u çudit me këtë veprim të marrë të të shoqit. Ndoshta ishte një gjest kapricioz për t'i kujtuar ato ditë pabesie. Po pse në mënyrën më të lehtë, më të padëmshme e me më pak pasoja? Shumë mirë mund të hakmerrej dhe të zbrazte urrejtjen me njëqind mënyra të tjera. Nisi të mendojë se ajo tekë idiote do të shuhej vetiu ashtu siç i kishte lindur, krejt rastësisht. Po besonte se do të kthehej harmonia e dikurshme e një ditë do t'ia shpjegonte të gjitha. Madje t'i kërkonte llogari që nuk i kishte kushtuar vëmendjen e duhur dhe ishte dhënë i gjithi pas punës. Tre punë të ndryshme dhe asnjëherë kohë të lirë për gruan që e priste në shtëpi!

Pa veten në pasqyrë. Rrathë mavi mbysnin kokërdhokët e syve. Thinja me bardhësi tmerrore harlisur mbi ballin e vrarë. Kokallat e format e tyre të shprishura zgabëllenin përdhunshëm. Sapo matej t'i afrohej të shoqit, ajo monedhë e ashpër i tregonte vendin. Një ditë i shkoi në mendje t'ia merrte natën në gjumë, por burri s'e shkulte nga dora. Nuk flinin më në të njëjtën dhomë, ndaj kishte frikë të hynte tinëz. Ngjarjet mund të merrnin një rrjedhë tjetër. I dukej sikur jeta po i shkurtohej në çdo hedhje të monedhës në ajër. Send që s'i plotësonte asnjë dëshirë. Ajo monedhë nuk ishte llambë Aladini. Po ta shndërronte fryma e ekzistencës dhe e zotit, do t'i bënte punë. Do të shijonte të vetmet ditë lumturie me bashkëshortin, por më kot. Ajo para kallpe e ndrydhte, e shtypte, e poshtëronte, e frynte gjer në palcë, e shkelte me këmbë. Gjë e egër, e gjithëpushtetshme, fluturonte me mospërfillje në ajër, aq e vlefshme, i hynte në punë të zotit.

I bëhej sikur nuk zgjonte më interes tek i shoqi, as sa ajo copë metali e dyshimtë. Nuk i tërhiqte vëmendjen askujt. Mund t'i cingëriseshin nervat sa herë që do të kishte dëshirë pronari i saj. Tamam si ajo monedhë, edhe ajo grua jetonte nën ritmin e atyre fluturimeve spektakolare në ajër. Donte t'ia shkulte nga duart, por sa hidhte hapin e parë, i priteshin fuqitë e mbulohej nga djersë të ftohta. Po e torturonte ajo lojë me Loonie-n. Tingujt kancerozë i depërtonin në veshë, sa herë që ai send pa zemër përplasej mbi tryezë.

Në fillim e kishte marrë lehtë, por tashmë e kuptonte se e urrente për vdekje. Pas pesë muajsh që ndiqte këtë lojë të pakuptimtë të të shoqit, e bindur më në fund se kështu nuk mund të vazhdohej as edhe një çast të vetëm, ra përdhe e alivanosur. Kur erdhi prapë në vete, vuri re se i shoqi nuk e kishte prekur me dorë. Të paktën t'i kishte hedhur një grusht ujë! Iu duk vetja e zhytur në një ekstazë çmendurie. Në një çast të vetëm u bind se AI NUK E KISHTE FALUR! Më kot ishte gëzuar, kur nuk i kishte thënë asnjë fjalë për tradhtinë.

Të nesërmen në mëngjes, ndërsa bëhej gati të përsëriste refrenin mortor, burri pa se kjo gjë nuk ishte më e nevojshme. Më mirë të ikte prej andej, sesa ta torturonte në atë mënyrë. E këqyri monedhën për herë të fundit dhe e flaku si një gjë pa vlerë nga dritarja, mbi një grumbull raccoons*) mes plehrave.

*) Mammal, Amerika e Veriut

Eci nëpër natë. Yjet më ndjekin nga pas. Ajri i mrekullueshëm më depërton në qelizat e trupit. Kam ndjesinë se përkëdhelem nga një tufë duarsh të padukshme. Endem pranë urave të Bloor-it. Gjithnjë më kanë tërhequr këto ura të larta, historitë e dashurisë dhe krimet që kanë ndodhur nën harqet e betontë. Eci ngadalë, ndërsa sytë më dallojnë një siluetë, që përkulet mbi parmakët. Është një hije e vetmuar që ka ngritur krahët drejt qiellit e klith në gjuhë të huaj. I afrohem me hap të përshpejtuar, pa ia ndarë sytë. Burri klith fort dhe i vë veshin jehonës. Ky burrë i shkurtër më ngjan me një mamal fluturues të llojit Chiroptera. Për delfinët ka informacion, ndërsa për këtë njeri që klith në errësirë, askush nuk di gjë, të paktën gjer sonte në mbrëmje. Xhaketa prej lëkure i jep pamje djaloshare, por syzet e tradhtojnë. Ky njeri fare mirë mund ta ketë emrin Desmodus Rufus, një lloj lakuriqi nate. Klithmat e tij më këpusin shpirtin. Duket sikur dikush i ka ngulur gishtat në kraharor dhe po i shkul zemrën. Më kalojnë të dridhura në trup. Ky njeri mund të bëjë ndonjë të pabërë. Nxitoj hapat, ndërsa më merret fryma.

"Hej! Me se mund t'ju ndihmoj, miku im?"

Hija kthehet e tëra nga unë, por nuk flet. Më vështron me habi, se nga i mbiva krejt papritur para syve. Duket i çuditur dhe i tronditur, sikur t'i kisha zbuluar ndonjë sekret. Është një metër e shtatëdhjetë centimetër i gjatë dhe rreth të gjashtëdhjetave. Pamja e parë të jep përshtypjen e një burri të dërrmuar nga një torturë e brendshme mendore.

"Përse klithnit, zotëri?"

Fjalët e mia kumbojnë në hapësirë. Fluturojnë për diku e kthehen sërish të copëzuara. Duket sikur një qenie gjigante më përqesh. Burri i panjohur ma bën me gisht të hesht, që të dëgjoj jehonën që kthehet.

"E dëgjon jehonën?

Tund kokën në shenjë pohimi, pa ditur se ku do të dalë.

"Ekolokacioni është metoda e përcaktimit shqisor, nëpërmjet së cilës disa kafshë të caktuara vetëorientohen, zbulojnë pengesat, komunikojnë me të tjerët dhe gjejnë ushqim. Unë përdor ekolokacionin për të orientuar veten në këtë natë pis të errët, ndaj klith me sa të mund."

"Nga jeni, zotëri?"

"Nga Banja Luka, Bosnja."

Burri i panjohur ndërpret klithmat e më rrëfen historinë e jetës së vet. E ka lënë atdheun e vet, kur ishte dymbëdhjetë vjeç. U nis me një tren mallrash drejt Kroacisë, pasi serbët i vranë babain, gjyshin, gjyshen, dy tezet, një xhaxha, i dogjën edhe shtëpinë, dhe i rrëmbyen lopën e vetme. Rreth moshës njëzetenjë vjeçare la Kroacinë për të qëndruar përkohësisht në Itali. Pas shtatë muajsh qëndrimi atje, iku për në Kanada. Që nga ajo kohë nuk e ka parë më vendlindjen e vet, madje as që nuk ka dëshirë të shkojë.

"Mbrëmë nuk kam fjetur mirë. Pashë në ëndërr nënën time që qante. Është një ëndërr, që më përsëritet disa herë në muaj. E njëjta ëndërr, që nga ajo ditë, kur serbët erdhën në shtëpinë time. Isha vetëm nëntë vjeç. I pafuqishëm vështroja atë burrë të egër, që zhvishte me forcë nënën time. E përdhunoi nënën para syve të mi. E shihja atë skenë të turpshme dhe dridhesha nga zemërimi dhe frika. Nuk e mbaj mend se sa minuta qëndrova ashtu i shtangur, duke parë nënën të rënkonte poshtë atij burri. Ato minuta m'u dukën orë të gjata. Dola në oborr e shkula një hu nga gardhi e u futa prapë në shtëpi. Iu sula atij njeriu me hu e ai e lëshoi nënën.

Ajo gjë e tmerrshme që ndodhi atë ditë, më ka ndryshuar si njeri! Më bëri ta ul kokën gjatë të gjithë jetës sime. Kur mbushem nga emocionet, filloj të këlthas me sa kam fuqi dhe çlirohem. Lirohem disi nga lëmshi që më mblidhet në fyt. Tani e kupton, pse klithja në errësirë, këtu, në majë të urës!"

E quajnë Ivo Kumljenoviç! Historia e nënës së Ivos nuk përfundoi me kaq. Pasi e përdhunuan, serbët e qëlluan fort me shuplaka në të dyja veshët dhe e lanë të shurdhër për të gjithë jetën.

"Nëna më vdiq para dy vjetësh. Tani jam një lakuriq nate. Lëshoj klithma, që përplasen në hapësirë, njësoj si lakuriqët, por këta tinguj nuk po më orientojnë në mes zhurmave. Kam humbur sensin e ekolokacionit."

Ivo Komljenoviç hesht. Fshin lotët me kurrizin e dorës së majtë.

"A do të kthehesh një ditë në Banja Luka?"

"Nuk mund të kthehem! Kam frikë nga vetja. Mund të filloj të vras të gjithë që do të më dalin përpara, ose të më vrasin! E vetmja gjë që më ka mbetur është të vij nganjëherë këtu e të ulëras. Të klith fort, për të çliruar dhimbjen."

Ndjehem ngushtë! I rrah miqësisht shpatullat! Kroati Kumljenoviç përpiqet të mbledhë veten. Më fton të klith së bashku me të në këtë natë mister. Vë duart rreth gojës e klith! Klith fort, aq sa të më dëgjojnë dhe yjet. Zoti Komljenoviç klith më fort se unë. Të dy ne i ngjajmë një çifti ujqërish të egërsuar, që i zbrazen pa kursim natyrës. Në sytë e tij shikoj një dritë të lehtë. Klith më fort, i çmendur nga magjia e kësaj mbrëmjeje. Hedh vështrimin dhjctëra metra poshtë. Hesht për një çast. Në dallgët e lumit Humber dalloj sytë e nënës së Zotit Komljenoviç, që më qeshin ëmbël.

Haremi atë mbrëmje vezullonte nga shandanët shumëngjyrësh dhe fustanet e grave të qëndisura me fije ari, por Sulltan Mehmedi II nuk e kishte mendjen aty. Para disa ditësh Ibrahim Pasha i kishte sjellë një dhuratë krejtësisht të veçantë nga Arbëria e largët-një medaljon bronxi, në të cilin ishte futur skeleti i një gishti të përthyer. Sulltani ia ngulte sytë atij gishti misterioz dhe zhytej thellë në mendime. Vriste mendjen se çfarë vetish të mbinatyrshme kishte në të vërtetë ajo dhuratë e porositur dhe e sjellë me nxitim? Përse kishte më shumë vlerë sesa një qyp me florinj? Pse ishte më e çmuar sesa një dorezë shpate e veshur me fildish dhe më tërheqëse sesa një vajzë me sy të kaltër dhe flokë të verdhë?! Asnjëra nga këto lloj dhuratash nuk i bënte më përshtypje sesa ajo copë kockë e tharë dhe e nxirë, krahasuar me të gjitha sendet më të çmuara nga të katër anët e planetit. Gratë më të bukura të Perandorisë i bënin fresk. I hidhnin vështrime plot epsh, si për ta shkundur nga ajo tulatje e pazakontë, në të cilën po lëkundej me orë të tëra, por sulltanit dukej sikur po i merrej fryma nga ai medaljon misterioz, në të cilin ishte mbyllur me kapak të tejdukshëm një fije kocke.

Fjala kishte marrë dhenë e kishte përfunduar gjer në veshët e odaliskave (virgjëreshave), të cilat rrallë kishin rastin ta shihnin sulltanin me sy. Reja e thashethemnajës rreth gjendjes së mërzitur të sulltanit ishte përhapur nga konkubinat (gratë vetëm për një natë), të cilat e kishin marrë një sinjal nga njëra prej ikbaleve (të preferuarave të Sulltanit), që rastësisht kishte takuar njërën nga katër kadinet (gratë e ligjshme), por nuk dihej se kë: Emine Gülbahar, Gülşah, Sittişah apo Çiçek Hatun?! Sulltan Mehmedi nxinte e sterronte si kurrë ndonjëherë, sikur të vuante nga mungesa e oksigjenit, që nga momenti kur kishte hedhur rreth qafës atë hajmali. Duart i dridheshin nga një emocion i lehtë, ndërsa në sytë e mëdhenj dhe të errët i lexohej padurimi që e kishte mbërthyer të tërin.

Dy eunukë të bardhë me origjinë nga Abkhazia u futën në odë, sapo dëgjuan kërcitjen e gishtave nga Valideja Huma Hatun, përgjegjësja e haremit, që në të vërtetë ishte nëna e Sulltanit. Eunukët po sillnin me mundim një tryezë të madhe, në të cilën kishin vendosur një qingj të porsapjekur, të zbukuruar me zarzavate të skuqura. Sapo e ulën tryezën mbi dysheme, ata dolën me shpejtësi nga haremi, pa parë as majtas e as djathtas, nga frika se mos Valideja i kapte duke parë vjedhurazi në drejtim të konkubinave lakuriqe. Mehmed Pushtuesit nuk po i bënin përshtypje as qingji i sapopjekur, as vajzat e reja që kërcenin gjysëm lakuriq nën ritmin e dajres, madje as kur Valideja i solli tre djemtë Bayezid II, Cem dhe Mustafa apo bijën e vetme Gevherhan. Sulltani i shikonte me ftohtësi dhe indiferencë, pa thënë asnjë fjalë, derisa fëmijët i dërguan në dhomat e tyre.

Dhurata e veçantë nga Arbëria po i ngushtohej si një lak në fyt, por ai as që donte t'ia dinte dhe e prekte medaljonin me gishtat e dorës, si për të marrë ndonjë fuqi të mbinatyrshme nga ajo fije kocke. Në Pallat nuk i mungonte asgjë, madje as qumështi i dallëndyshes. Bukuroshet më të përzgjedhura kishin përfunduar në oborrin e tij, si dhurata nga qeveritarët dhe ishin blerë për pesë para nga tregjet e skllevërve në Evropën Lindore. Pak nga këto vajza kishin fatin të bënin fëmijë me sulltanin. Vetëm skllavet që kishin ndonjë farë talenti në poezi apo aktrim, mund të shiheshin si shërbëtoret e mundshme, të cilat pas përzgjedhjes i nënshtroheshin një përgatitjeje të rreptë.

Sulltan Mehmedi preku me dorën e majtë medaljonin, ndërsa me të djathtën u përpoq të hidhte në defter një poezi të cilën e nënshkroi me pseudonimin e vet të parapëlqyer "Avni". I rilexoi vargjet me zë të mbytur, por fjalët iu dukën pa gjak dhe lëng jetësor. Poezia i tingëllonte krejtësisht e thatë dhe pa kuptim. E zhubrosi letrën dhe e hodhi në kosh.

Valideja kërciti gishtat përsëri për të tërhequr vemendjen e një eunuku zezak me origjinë nga Sudani, i cili u shfaq menjëherë në odën madhështore ku po pushonte sulltan Mehmedi! Eunuku u përkul deri në dhe. U kthye nga Valideja, por pa guxuar t'i ngrejë sytë nga frika se mos padashur me bisht të syrit kapte atë pamje lakuriqe të konkubinave që me dridhjet e tyre trupore përpiqeshin t'ia merrnin mendjen Sulltanit. Eunukëve zezakë ua prisnin organet gjenitale që fëmijë, kurse atyre të bardhë vetëm sa i tridhnin. Për këtë arsye eunukët me ngjyrë ishin më të parapëlqyer nga administratorët e haremit. Valideja i tha diçka në vesh dhe në pak sekonda eunuku zezak i futi në rresht të gjitha gratë e haremit dhe i nxori përjashta. Sulltan Mehmedi e pa veten vetëm përballë Validesë Huma Hatun, e cila me sytë e përgjëruar dukej sikur kërkonte me ngulm një shpjegim për sjelljen e çuditshme të të birit.

"Bir, më thuaj çfarë ke? Përse nuk ke fjetur më që nga ajo ditë që ke vënë këtë medaljon në qafë?" e pyeti me përgjërim Valideja. "A mund të më thuash se çfarë është ajo kockë dhe pse është aq e shtrenjtë për ty? A nuk mendon se kjo kockë të ka marrë qetësinë dhe të ka bërë gjysëm njeriu? Më thuaj bir, se çfarë dreq kocke është ajo?"

Sulltan Mehmedi e hoqi medaljonin me kujdes nga qafa dhe ia lëshoi Validesë në dorë. Nëna duhej t'i dinte të gjitha, derisa kishte sjellë në jetë burrin më të fuqishëm të botës. Ai gisht i tharë nuk po e linte të vinte gjumë në sy. Kocka e nxirë rigjallërohej gjatë natës dhe vishej me mish. Ajo kockë i përkiste…

"Ky gisht është këputur nga dora e Skënderbeut! Jeniçerët i gjetën varrin në një kishë në Lesh. Ishin tetëdhjetë varre, por më në fund gjetën varrin ku ishte varrosur ky burrë, që edhe për së vdekuri më kall frikën. Më thuaj nënë se çfarë të bëj me këtë dhuratë kaq të frikshme?" e pyeti Sulltani dhe në çast u ul mbi divan në krah të së ëmës, por Valideja nuk fliste. "Sa kohë që ishte gjallë, nuk ja dola dot. Dy herë e udhëhoqa ushtrinë: një herë më 1466-ën dhe një herë tjetër më 1467-ën. U vura vetë i pari në vijën e luftës dhe çadrat i ngrita në portat e Krujës. Për muaj të tërë u përpoqa që ta mposht, por ai dilte fshehurazi nga kështjella e godiste pas shpine karvanet me ushqime. Kur vdiq nga malarja më 1468-ën, arnautët nuk gjenin dot një komandant aq trim sa ai. Vetëm atëherë arrita më në fund ta pushtoj Krujën, Shkodrën dhe të gjithë Arbërinë. Tani që po mbaj rreth qafës një gisht nga dora e tij, më duket sikur i është rizgjuar fantazma nga varri i shqyer dhe po më mbyt. Më thuaj nënë se çfarë të bëj me këtë medaljon. Po ta mbaj, kam frikë se do të më mbysë. Po ta hedh, nuk do të trashëgoj dot trimërinë e tij… Kam kaq ditë që vras mendjen dhe nuk di se çfarë të bëj. Oh nënë, më thuaj!"

Sulltani Mehmedi i Dytë kapi kokën me të dyja duart e qau në heshtje. Valideja e mbajti për pak sekonda medaljonin e çuditshëm në duar dhe pastaj e fshehu thellë në gji.

"Ma jep t'ia vesh Bayezidit! Ai është ende i vogël dhe nuk ka për ta ditur se i kujt është. Kur të rritet, trimëria e Skënderbeut do të ngjizet tek ai. Edhe ti e bën gjumin të qetë!" pëshpëriti Valideja dhe me gishtat që i dridheshin e përkëdheli ëmbël të birin.

"Ma hiq sysh!" tha shkurt sulltani dhe fshiu i turpëruar lotët. Valide Huma Hatun u përkul deri në dysheme dhe eci mbrapsht, duke mbajtur fort dorën e djathtë mbi gjoks. Mehmedi i Dytë as që donte t'ia dinte se çfarë do të bënte nëna me atë hajmali të frikshme. Vetëm t'ia hiqte që andej një orë e më parë, përndryshe nuk do ta zinte gjumi. Kur Valideja u largua nga oda, një psherëtimë e lehtë i shpërtheu nga gjoksi i madh e leshtor. U kthye përmbys mbi divan dhe u përpoq të flinte. Kishte plot një javë që nuk kishte vënë gjumë në sy dhe trupin e ndjente të drobitur. Më në fund…

Në qytetin tim të lindjes vij shumë rrallë. Aq rrallë, sa njerëzit kanë filluar të më harrojnë fytyrën. Nuk vij më as për ballokumet e verës, as për karakaftet, lulet erëmira të kodrinave përreth. Elbasani, pa shokët e mi të fëmijërisë, duket i shkretë, i rrahur egërsisht nga era e ftohtë e Krastës. Fshatarët e rrethinave gumëzhijnë në sheshin pranë rrapit të Bezistanit: shesin presh, lakra, fasule, pula të gjalla, vaj ulliri të rrahur me këmbë, hurma farëzeza, hudhra, ushqime gjithfarësoj, që mund t'i shkelësh me këmbë në trotuarin e pistë. Mungojnë vetëm ata, miqtë e mi të vjetër. Ata ose nuk kanë ekzistuar kurrë, ose unë jam i sëmurë nga fantazia e tepruar. I vetmi shok i vjetër, Bardhyli, më përqafon fort e më fton për një kafe në lokalin "Dea" ndanë rrugës.

Kujtojmë atë kohë kur ai, "mbret" i jevgjve dhe unë "mbret" i ilirëve, luftonin me njëri-tjetrin. Dera e "kalasë" imagjinare ishte porta e ndërtesës dykatëshe, pranë Namazgjasë, ish-pallati i "mish-peshkut".Unë-"mbreti" Agron në krye të ilirëve, ruaja portën me sa mundesha nga brenda, me të gjithë fëmijët e tjerë lëkurëbardhë. Bardhyli kishte bërë një ushtri prej dhjetë vetash me ngjyrë dhe sulmonte portën nga jashtë. Bardhyli më kujton ato ditë lufte, ndërsa unë shkrihem së qeshuri dhe qyteti im i fëmijërisë më duket i afërt, i ëmbël. Bardhyli është shqiptar me ngjyrë, ose siç e quan ai veten "jevg". Në lagjen tonë kishte shumë familje shqiptarësh me ngjyrë dhe loja e "luftave" ishte vetëm njëra nga ato lojërat e shumta fëmijërore. Mbaj mend sesi i gozhdonim shpatat prej druri, sesi i bënim parzmoret prej kapakësh teneqeje tek bakërxhinjtë jevgj, sesi vinim mbi krye kurorat me lule, për të ngjarë sadopak me ilirët e dikurshëm.

"Në një nga ato lojëra, ti më ndoqe nga pas, më kape rob dhe me sqepar në dorë më preve këto tre gishta!"

Bardhyli më tregon tre gishtat e prerë të dorës së tij të majtë, ndërsa mua më zihet fryma nga emocionet. Nuk e di, nuk e mbaj mend, që t'i kem prerë gishtat mikut tim të vjetër. Ja marr dorën e majtë dhe ia ngul sytë me kërshëri, me dhembje. Nuk e di se çfarë të bëj. Më mblidhet një lëmsh në fyt. Sytë më përloten. Unë qenkam kriminel dhe nuk e paskësha ditur. Unë paskërkam vrarë shpirtin e një njeriu, një miku të vjetër të fëmijërisë sime. E paskam sakatuar për të gjithë jetën. Për shkak të atij veprimi makabër, mizor, ky fëmijë i shkretë është rritur me gjymtim në zemër. Për herë të parë në jetën e vet, pas asaj loje të egër, ai ka ngrënë bukë me një dorë. Ka larë sytë me gishtat e cunguar. Sa herë i ka fshehur ata gishta cungje nga vajzat bukuroshe? Sa më ka mallkuar në shpirt, me gjithë zemër?

Unë mbaj gjithnjë një thikë me vete. E kam merak, që nga viti 1997, kur njerëzit humbën paratë në firmat piramidale dhe filluan të shkatërronin depot e ushtrisë. E nxjerr dhe ia drejtoj dorezën prej peçiklazi të zi, mikut tim, Bardhylit. E vështroj drejt e në sy. Dalloj flegrat e tij të hundës të hapen dhe mbyllen me shpejtësi. Ndjej qimet e lëkurës të më ngrihen përpjetë. Sapo kam marrë një vendim shumë të rëndësishëm: të gjymtoj vetveten, por vetë jam tmerrësisht i vogël. I dobët! Vetëm njerëzit e mëdhenj kthejnë borxhe të tilla. Njerëzit e mëdhenj jo nga trupi, por nga dashuria për Tjetrin. E di që kjo veti e karakterit më mungon, ndaj dhe kërkoj ndihmën e shokut tim të fëmijërisë. Ai duhet të më gjymtojë tani. Të marrë hakun e vet. Të lajë borxhin e dikurshëm. Që sot nuk do t'i kem më borxhe askujt. Do të jem përsëri njeri i lirë dhe pastaj para Vetes dhe Zotit lart në qiell. Oh, Zot, çfarë paskam bërë! Nuk duroj dot më.

"Bardhyl! Ka ardhur koha të shpaguhesh. Ja ku i ke gishtat e mi! Priji!" Vë dorën mbi tavolinë dhe mbyll sytë! Pres një sekondë! Dy. Dhjetë. Hap sytë! Në sytë e Bardhylit shkëlqejnë dy pika loti të mëdhenj.

"Gishtat e tu të prerë nuk m'i sjellin prapë gishtat e mi! Ne ishim fëmijë të vegjël."

Bardhyli përpiqet të më qetësojë, por mua më është prishur gjaku. Gjaku i kuq, i rëndë. Bardhyli më rreh shpatullat, por unë nuk e ngre kokën. Jam i zhytur në pikëllimin tim, jam bërë një grusht njeriu, për një gabim që kam bërë njëzet vjet më parë. Hedh sytë jashtë. Figurina e tij ka humbur në turmën e njerëzve që bëjnë xhiron e së djelës në bulevard. Ngrihem vrikthi. Më kap një dëshirë e çmendur për ta takuar përsëri. Më lind një dëshirë e marrë për ta ftuar në shtëpi, por ai "mbreti" i jevgjve ka humbur. Ndal këmbët. Fërkoj gishtat e dorës së majtë. I lëviz lirshëm! Gishtat, që Bardhyli nuk deshi t'i priste.

I vërej ushtarët e mi që nga dritarja. Thith me duf duhanin e parfumosur e përplas mbi tavolinë letrat e pokerit. Kam gjithë ditën që kam lozur bixhoz e kam pirë vendshe duhan. Ime shoqe mund të lindë nga ora në orë e mua më duhet t' i hedh një sy të gjitha përgatitjeve. Marr gazetën ''Tomorri'' në duar. Aty kam shpallur një konkurs për gruan që do të ketë qumështin e gjirit më të mirë në të gjithë mbretërinë. Janë zgjedhur gjithsej shtatë nuse të reja. I kaloj fotografitë e tyre me rradhë nëpër gishta. Fytyra të qeshura, tipare të bukura, gjinj të kërcyer të mbushur me qumësht. Nuk jam Ahmet Zogu! Jam një student i fizikës, që me ndihmën e makinës së kohës bëj një vizitë të shkurtër në Pallatin Mbretëror. Është data 4 Prill e vitit 1939, ndërsa vetëm pak minuta më parë pija ekspreso në Eaton Center me shkencëtarin kanadez Bruce Johnson, në datën 17 shtator të vitit 2005. Shita shtëpinë time gjysëm milionë dollarëshe, vetëm për t' u bërë një herë mbret, në vend të mbretit Zog!

Më bëjnë përshtypje kolltuqet e larta, princesha Adile, mbretëresha Geraldinë që vuan në shtratin e lindjes. I hedh një vështrim vetvetes në pasqyrë: Jam vetë Mbreti Zog, me mustaqet e prera shkurt, flokët e zeza e të lëpira. Më duhet të pi duhan po aq sa ai e të loz gjithë ditën e ditës poker. Zoti Johnson është veshur si oficer i oborrit. Ma bën me sy që të mos e zgjas me puthjet epshore dhuruar mbretëreshës Geraldine e të ulem në fronin e Mbretit. Doktori Johnson më shtyn me kujdes nga pas. Mbyll derën nga brenda, vë gisht në buzë, si për të më thënë që të bëj kujdes e nxjerr nga xhepi një kompjuter dore.

"Duhet të imitosh pikë për pikë historinë. E ardhmja nuk mund të ndryshojë dot të shkuarën. Nëse të ka lënë kujtesa, t' i kam shkruar të gjitha në letër. Nesër në mëngjes, në 5 Prill do të lindë biri yt i vetëm. Kot i shikon ato shtatë gra të bukura.

Konkursi i qumështit ka mbaruar dy javë më parë. Qumështi i gjirit i këtyre shtatë grave u kontrollua në laboratorin më të mirë të Mbretërisë dhe nga këto të shtata u zgjodh Duhije Kaceli, gruaja që fle fare pranë dhomës së motrës suaj, princeshës Adile. Duhije Kaceli ndodhet në dhomë me të birin e saj dy muajsh. Gruaja juaj, mbretëresha Geraldinë nuk ka qumësht, ndaj mbreti, domethënë Ju, u detyruat të shpallnit konkursin në të gjithë mbretërinë. Në 7 Prill, vetëm pas dy ditësh Viktor Emanueli III do t' i shpallë luftë Shqipërisë. Ti do të marrësh të gjithë familjen mbretërore dhe arkën e thesarit e do të lësh Atdheun! Imitimi duhet të bëhet në detajet më të vogla, përndryshe aventura juaj e rrezikshme do të marrë fund shumë shpejt e ju do ta shihni veten përsëri në Eaton Center, në vitin 2005. Bombat e para mbi Shqipërine do të bien në orën dy të natës së 7 Prillit. Në orën 5 të mëngjesit të ditës së premte, një karvan i gjatë me 16 makina do të lërë Tiranën dhe nëpërmjet rrugës së Elbasanit, do të largohesh pa kthim nga Shqipëria. Yt bir do të jetë në krahët e Duhijes. Në krah ajo do të ketë princeshën Adile. Në Elbasan, karvani do të ndalet nga disa vendas. Pas Elbasanit, ndalesa tjetër e karvanit mbretëror do të bëhet në fshatin Zëmblak të Korçës, ku do të qendroni një natë, e që andej do të kaperceni kufirin për në Greqi. Pas një ndalese të shkurtër në Follorinë, udhëtimi do të vijojë për në Larisa. Në datën 1 maj, në 10 të mëngjesit, me një tren ``Orient Ekspres``, familja mbreterore dhe të gjithë të tjerët do të vazhdoni të udhëtoni në drejtim të Turqisë. Në agimin e 3 majit, me një tren do të mbërrini në Stamboll. Trenit do t' i shtohet edhe një vagon mjekësor me të gjitha pajisjet, madje mbreti i Greqise ``George i Dytë`` do 'ju ofrojë edhe dy mjekë për ndihmë, por Ju nuk do të pranoni. Për 3 muaj me rradhë do të vendoseni në hotelin " 'Pera Palace`." Shkencëtari Bruce Johnson merr frymë thellë e më shikon me mosbesim.

"E kush dreqin në botë do t' i mbajë mend kaq shumë hollësira? A e kuptoni se po kërkoni shumë nga unë, zoti

Johnson?" e pyes unë i dëshpëruar. Doktori Johnson më ofron spektrin e më vë në kokë përkrenaren me dy brirët e dhisë. Ah, po! Ahmet Zogu kishte qejf ta vinte në kokë këtë përkrenare, sa herë që ishte në qejf.

"Mos ki merak! Gjithçka është regjistruar në kasetën e kujtesës që ju do ta kini të instaluar në rripin e pantallonave. Po aty ndodhet dhe butoni i rrezeve kozmike Alfa, që do t' ju kthejnë përsëri në vitin 2005 në rast rreziku për jetën. Mos harro, duhet t' i shmangesh vdekjes. Kur e ndjen që mund të ndodhesh në rrezik, do të shtypësh butonin," –shpjegon zoti Johnson.

"Po me mbretin origjinal çfarë do të bëhet? Do ta lëmë të lidhur në krevatin mbretëror?" pyes unë me kërshëri.

"I kam marrë masat të gjitha. E kam futur në njërën nga arkat e thesarit, e cila është pajisur me filtra të ajrit. Aventura juaj do të marrë fund sapo të mbërrini në Stamboll."

Kjo aventurë më drithëron të tërin. Ndjesia e të qënit Mbret të Shqipërisë më bën me flatra. Përveç Geraldinës do të kem edhe një grua ilegale. Ajo grua është mbretëresha në hije, që do t' i mëkojë tim biri qumësht të racës shqiptare. Hap derën ngadalë dhe dal në koridor. Dy oficerë të oborrit më përshëndesin ushtarakisht me pëllëmbën e dorës mbështetur në zemër. Në njërën nga dhomat dëgjoj rënkimet e mbretëreshës Geraldinë. Këmbët më mbajnë tek dhoma ku fle taja, mendesha e mbretit, për të cilën historia nuk ka shkruar as edhe një rresht të vetëm. Ajo është ''godmother'' e tim biri. I ka dhënë sisë 5 herë në ditë, për 7 muaj rresht, tim biri. Gjatë të gjithë kësaj kohe ka ngrënë mëngjes, drekë dhe darkë në të njëjtën tryezë me mua dhe mbretëreshën. E kam shëtitur edhe me varkë në det dhe e kam mbajtur në pëllëmbë të dorës, sepse ajo duhej të ishte e gëzuar, që qumështi të dilte sa më i shëndetshëm. Ha të njëjtin ushqim, si unë, ushqimin që na e gatuan vetë princesha. Për mua, për mbretëreshën, për veten e saj zgjidhen ushqimet më të mira.

Ja dera e saj. Injoroj këshillat e doktorit Johnson e trokas lehtë në derë. Nuk përgjigjet askush. Shtyj derën ngadalë...Një nuse e re, rreth të 25-ve me flokë ngjyrëgështenjë e gjinj të kërcyer qëndron e tromaksur në mes të dhomës. Për këtë grua kam lexuar në një gazetë të kohës historinë e çuditshme sesi u nda nga burri i saj për 6 muaj rresht e iku pas mbretit, me lejen e burrit të saj. La fëmijën e saj dy muajsh, për të ushqyer të birin e mbretit. I buzëqesh lehtë. Më vjen ta puth, ta përqafoj me krahët e mi, fut njërën këmbë në dhomën e saj...vetëm unë dhe ajo në dhomë, por një dorë e hekurt më mbërthen nga pas e më plas në koridor. Është vetë doktori Johnson.

"Mbreti sillet me dinjitet si mbret dhe jo si një student që kërkon me doemos në oborr një dashnore,"-më thotë ai ashpër.

Kafshoj buzën. Skuqem gjer në rrëzë të veshëve. Dora e tij më shtyn me vendosmëri nga pas drejt derës së daljes. Këmbët më mbajnë në sheshin para Pallatit Mbretëror. Afro 300 ushtarë shqiptarë të rreshtuar në dhjetë kuadrate marrin qëndrim gatitu. Një oficer i lartë i Mbretërisë më paraqet forcën, sapo unë ndaloj para tyre krejtësisht i hutuar. Jam unë që po e drejtoj eksperimentin apo doktori Bruce Johnson? Jam me të vërtetë mbret apo kavie në laborator? Një studim i shkëlqyer i kryer nga Stanley Milgram pak muaj më parë u ndërpre në ditën e tij të gjashtë. Një numër njerëzish vullnetarë zbatojnë urdhërat, aq gjatë sa ata vetëdijësohen që komandat vijnë nga një autoritet legjitim. Studentët në rolet e gardianëve në universitetin e Stanfordit filluan të rrihnin shokët e tyre të ''burgosur''. T'u vinin kapuç në kokë, t'i zhvishnin lakuriq, t'i lidhnin me zinxhirë, t'i detyronin të kryenin akte kundër vullnetit të tyre. Përfundimi shkencor i shkencëtarit Milgram ishte se "natyra njerëzore është nën pushtetin e rrethanave shumë më tepër, sesa ne mund ta marrim me mend a ta pranojmë. Njeriu i mirë dhe Njeriu i keq jetojnë tek unë njësoj. Unë mund të jem demokrat, por mund të shfaqem dhe veproj edhe si diktator. Ky eksperiment, ashtu si deklaroi doktor

Zimbardo nuk është për mollët e kalbura, por për enën që mban mollët. Është pikërisht ena që prishi mollët. Unë duhet të luftoj në betejën që zhvillohet në ndërgjegjen time, që të jem i sigurt se këtë betejë nuk do ta humbas. Kruaj zërin:

"Ushtarë trima të Mbretënisë! Shqipnia asht në rrezik. Perandori Italian më ka kërkue që unë të nënshkruej kapitullimin e të iki nga Atdheu, por unë do të vesh opingat e do të dal në mal të luftoj me ju. Ju jeni shpresa e kombit të shumëvuejtun! Shqipnia nuk mund të uli kryet para anmiqve të fëlliqun."

Të 300 ushtarët shpërthejnë në brohoritje të zjarrta. Vërej lotët e gëzimit në sytë e tyre dhe nuk më besohet...Janë pikërisht këta ushtarë që shoqëruan Mbretin e vërtetë në rrugën pa kthim drejt largimit. Ngrejnë duart lart. Qajnë si fëmijë të vegjël, ulen në gjunjë...Një duhmë e madhe emocionesh i ka kapur të gjithë. Papritur e shikoj veten të rrethuar nga të gjithë këta burra shtatlartë dhe mustaqellinj e më shkrepëtin një ide gjeniale në kokë: Unë jam Mbreti! Unë jam Zoti i gjithpushtetshëm dhe i Plotfuqishëm i kësaj toke, i kësaj fare pak tokë, të rrethuar nga male të larta. I marr armën rojes sime personale dhe qëlloj disa herë rradhazi në ajër. Unë jam Heroi! Vetë shpresa e popullit të vrarë. Unë jam vetë simboli dhe përtejimagjinata. Pushka shkrepëtin si rrufeja. Plot dhjetë herë. Shikoj fjollëzën e tymit t' i dalë nga gryka. Bëj me shenjë të më sjellin një kalë, kalin e bardhë, atë më të fuqishmin dhe më të tërbuarin. I kërcej mbi shpinë e u vij rrotull 300 ushtarëve të mi me pushkën në dorë i dehur nga gëzimi i Luftës. Tërheq mëgojzën e kalit, e shikoj si ngre patkonjtë e përparmë në ajër, ndërsa unë mbahem fort të mos bie nga ai shfrim ndjesor. Përballë tyre kam harruar qëllimin pse kam ardhur. Kam harruar planin sekret të zotit Johnson, shkencëtarin Stanley Milgram dhe vetë doktor Zimbardon.

"Le t' i presim italianët ashtu siç e meritojnë. Me grykën e pushkës. Jam gati të bie në fushën e luftës si dëshmor! Lavdi heronjve të Atdheut! Amen!''

Turma e tërbuar më rrethon sakaq e gati sa nuk më merr frymën. Më rrëzojnë nga kali, më marrin në krahët e tyre e më shëtisin të gëzuar nëpër oborrin e Pallatit Mbretëror.

"Do të vdesim të gjithë! Me pushkë në dorë do të luftojmë gjer në predhën e fundit," thotë një mustaqelli me theks korçar. ''Urra! Urra! Urra! Rroftë Mbreti! Rroftë Shqipnia! Poshtë Musolini!'' thërret një ushtar tjetër e sakaq më jep një puthje të fortë në lule të ballit. I dehur në ekstazë, nuk dalloj dot në mes të ushtarëve doktorin amerikan Zimbardo. Jam mbërthyer keq në të shkuarën dhe lufta më ka ndryshuar. Nën pushtetin e rrethanave po veproj si një ushtar i thjeshtë, pa ndier përgjegjësinë për princin Lekë dhe për arkën e thesarit. Doktor Zimbardo ma bën me shenjë që t' i braktis ushtarët e ta ndjek nga pas. I trishtuar e ndjek nga pas. Po sikur …po sikur unë të vendos të luftoj në vend të mbretit dhe të bie në fushën e luftës si dëshmor? I ardhur nga e ardhmja me një mision të vetëm, t' u tregoja horrave të bregut tjetër se ky vend ka zot! Se djemtë nuk i kanë vdekur! Se ne vijme po të duam edhe nga e ardhmja për të ndryshuar sadopak historinë! Nuk e kam ndier doktor Zimbardon, teksa më pështpërit porositë e fundit të doktorit tjetër amerikan Bruce Johnson. Nuk më intereson më eksperimenti i shkencëtarit Stanley Milgram. Mua që sot e tutje më intereson vetëm një gjë: Vënia në Vend e Nderit të Humbur të Kombit.

"Në vitin 1939 ke ardhur vetëm si turist dhe jo si protagonist. Hiq dorë nga idetë e çmendura. Përndryshe mund të të rrezikohet jeta dhe mua e zotit Johnson do të na duhet të ndërpresim eksperimentin. Ju po dilni jashtë kontrollit zoti Ermal Boçari! Dalja jashtë kontrollit do të thotë fundi i eksperimentit dhe rikthim i menjëhershëm në vitin 2005. Po ju paralajmëroj për herë të fundit."

Në zërin e tij vërej nota të qarta kërcënimi. E ndiej se ky mund të jetë fundi i aventurës. ..Mos duhet të luaj një lojë të dyfishtë? Ku ndodhet zoti Johnson tani? Dua t' u vidhem e të bëj atë që duhet të bëj. Atë që më imponon Koha dhe Rastësia. Nëse unë e ndiej se duhet të vdes në sheshin e Luftës, atëherë le të vdes. Le të rrëzohem i vrarë, i mbytur në një pellg gjaku. Le të më shkelë çizmja e ushtarit fashist, por ama shpirtërisht do të jem triumfator! Të gjitha këto ide të vogla gjysëm gjeniale të përziera me emocionet e mia të forta i mbaj me zor pas buzës. Ul kokën në shenjë pendimi.

"Doktor Zimbardo! Kam vendosur të jem turist gjer në fund. Një njeri si unë nuk mundet të ndryshojë dot historinë." Përpiqem që zëri të mos më dridhet. Doktor Zimbardo heq kapelen mbretërore e fshin djersët në ballin e tendosur. Nuk më beson as edhe një grimë të vetme. Më shpon tejpërtej me sy e më përshëndet ftohtë.

"Të shohim!"-thotë thatë.

Ushtarët e oborrit sakaq kanë mbërritur pas shpinës sime. Më marrin përsëri në krahë të ngazëllyer nga duhma e Luftës që po afron. Më ftojnë të festoj me ta, nën ritmin e trumpetave që japin kushtrimin. ''Kushtrim'' '''Kush… është… trim''

"Kush…sht…trim!'', bre? Kush?"

Dikush më ka shtyrë me forcë, me të gjithë forcën e krahëve, aq sa unë jam përplasur me fytyrën në tokë, të mbuluar nga gjaku. Veten e shikoj para një makine blu të errët të vitit 1939, 5, 5 metra të gjatë, të markës Lancia Astura. E mbaj mend që kjo makinë u ble në ankand në Toronto vetëm para dy ditësh, në tetorin e vitit 2005, për një çmim marramendës prej 164 561 $ kanadezë nga i çmenduri Felice Messina. Paratë e fituara nga blerja e makinës shkuan për llogari të një spitali për fëmijë në Toronto. Turist në kohën e shkuar, unë mund të hipi në limuzinën e Musolinit, madje të bëhem vetë Duçja. Të ulem në sedilje triumfator e me një përshëndetje alla fashiste të përshëndes ushtarët e hekurt. Mund të pretendoj të bëhem madje vetë Vasil Laçi e të qëlloj me pistoletë kundër Viktor Emanuelit III. Kjo makinë është e vetmja në llojin e saj në të gjithë botën. I hipi, duke harruar për një çast, se disa minuta më parë i hipja një kali të bardhë para një grupi ushtarësh shqiptarë që përbetoheshin se nuk do t' i shmangeshin Luftës. A nuk do të ishtë më mirë që këtë makinë ta rrëmbeja që tani, si një vjedhës i rëndomtë e më një shtypje të butonit të rikthehem në tetorin e vitit 2005? Këtë makinë pastaj ta shisja në faqen e internetit në ebay për atë shumë marramendëse e paratë t' i fusja në xhep? Isha ''Skënderbe'' para pak minutash; tani mund të shndërrohem në një vjedhës të rëndomtë makinash... Jam pa bosht, pa kocka, e pa formë, një lloj kavieje. ..Marr formën e mollëzave të gishtave të të cilitdo që mund të më prekë sadopak. I drithëruar nga emocionet që me ngjall rastësia! Kjo limuzinë në blu të errët më futet në gjak njëlloj si rakia e fortë e Skraparit.

"Viva il Duce! Viva il Re'', dëgjoj brohoritje nga të gjitha anët. Hedh një vështrim rrotull. Janë ata...armata e ushtrisë së vdekur, që është ringjallur nga varri, a që i gjeta të gjallë, pak muaj para vdekjes së tyre. Vështrimi im është një lloj penetrimi radiografik, që di të dallojë vetëm vertebrat dhe kockat. Di të lexojë thasët e najlonit, një gjeneral plak, një prift dhe Ismail Kadarenë, shkrimtarin shqiptar, tek sa shkruan këtë requiem për të vdekurit.

"Viva il Duce! Viva il Re!'' Këmishëzinjtë e pafat më përshëndesin njësoj sikur të isha unë perandori. I frikësuar arrij të kuptoj se jam krejtësisht tullac dhe po aq i shkurtër sa vetë Benito Musolini. Kërkoj me nxitim një pasqyrë e shikoj veten. Tromaksem e mbetem pa zë. Unë jam Benito, dora vetë, prandaj dhe këta djem të rinj, që nisen drejt vdekjes më përshëndesin si idhulltarin e tyre. Unë qenkam monstra që hyj në trupin e të gjithëve, pa ndryshuar ndërgjegjen. A mundem unë që të ndaloj Luftën? Të paraqes një projektvendim të qeverisë italiane në parlamentin Italian, që ta quajë Shqipërinë një vend mik dhe vëlla? A mundem unë që këta ushtarë fashistë, nëse kërkohet, t' i dërgoj në Shqipëri për të hapur rrugë, për të ndërtuar spitale, për të ngritur hekurudha malore

72

dhe hidrocentrale? A mundem unë si Du3e, t' i jap Mbretit Fshatar të Shqipërisë një shumë marramendëse prej 100 miliardë dollarësh për ndërtimin e Shqipërisë, kësaj nevojtoreje fshati në mes të Evropës? Hipi në limuzinë dhe mendoj. Është një makinë krejtësisht manuale. Mungojnë pajisjet automatike. Më duhet të shtyp friksionin, frenat dhe marshin e gazit.

Vërej gjeneralët e mi gjakpirës. Të gjithë ata që më rrethojnë… Në krah kam dhelprën fashiste Kontin Ciano! Unë jam vetë fashist. Nuk mund të bëj dot asnjë lloj komploti. Edhe nëse do të dal përtej uniformës fashiste, përtej kokës sime tullace dhe trupit tim të shkurtër që ja kam marrë borxh për pak minuta vetë Duçes, nuk do të më lerë sistemi shoqëror, në të cilin aktualisht jetoj. Gjermania dhe miku im Adolf Hitler! Më duhet të zbuloj se kush e ka fajin për fillimin e Luftës? Sistemi, apo individët e çmendur që ishin në krye të pushtetit, në karrigen më të lartë të shtetit të asaj kohe?

Sistemi dhe individët, individët dhe sistemi, sistemoindividi apo individosistemi, kjo amalgamë e vitit 1939, ku nuk kuptohet se ku fillon njëri dhe mbaron tjetri? E kam fajin vetëm unë, Duçja, apo edhe këta ushtarë të mjerë që më duartrokasin? Këta ushtarë që të mbathurat i kanë të lagura nga djersët...?

"Viva il Duce!"-brohorasin ushtarët, ndërsa mua nuk më mbetet gjë tjetër veçse të hipi në limuzinë e të përshëndes: "Viva!"-por në kokën time, thellë ndërgjegjes, poshtë membranës së trurit kam vendosur të bëhem Ahmet Zogu, mbreti ikanak qe iku nëpër natë, me djalin e tij dyditësh, nga Shqipëria. I hipi limuzinës. Rrotulloj çelësin. Shtyp frenat dhe friksionin. I jap gazit e lëshoj frenat. Kjo limuzinë në blu të errët më pëlqen. Po bëj një shëtitje në mes të Romës.

Policët me biçikleta

Jemi katër vetë: Unë, i quajturi Ermal Boçari, doktori amerikan Zimbardo që drejton eksperimentin, doktori Bruce Johnson dhe shkencëtari Stanley Milgram. Jemi veshur të katër si fshatarë të rrethinave të Tiranës. Në kokë na zbardhin qeleshet, ndërsa shallvaret na rrinë të gjera. Doktor Zimbardo tund tespiet me nge e më tregon me gisht një grumbull njerëzish në qendër të Sheshit të Bashkisë, aty ku pas 60 vjetësh është sheshi ''Skënderbej''. Udhëtimi pas në kohë po më mahnit dhe unë studenti i fizikës i Universitetit të Torontos nuk kam kohë as të marr frymë. Isha për pak kohë vetë Ahmet Zogu; një pasdite e kalova në limuzinën e Benito Musolinit, të markës Lancia Astura; tani jam një fshatar ordiner, një fshatar kureshtar, që përpiqet të kuptojë sadopak kronikat e kohës.

"Detyra jonë është të shkrihemi me të tjerët; të mos dallohemi nga këta njerëz të irrituar në kulm, që kërkojnë armë për të mbrojtur atdheun e tyre," pëshpëriti qartë dhe prerazi doktor Zimbardo. "Ne duhet të hiqemi sikur jemi disa fshatarë të ardhur nga Peza në qytetin e Tiranës për çështje krushqie." Doktori Bruce Johnson miraton me kokë çdo fjalë të doktor Zimbardos, ndërsa unë krejtësisht i mahnitur nga avionët e zinj që fluturojnë sipër kokave tona rrënqethem, ndërsa nga hundët më shpërthejnë disa bulëza gjaku. Shpërthimi i gjakut nga hundët më ndodh sa herë që rrëmbehem nga emocionet. Fshij pikat e gjakut që ma kanë rrëshqitur në faqe. Qielli i kaltër i Tiranës është copëzuar në mijëra gota të thyera. Shkencëtari Stanley Milgram në kursin tim përgatitor për "Udhëtimin në kohë në Prill të vitit 1939" nuk më ofroi Historinë zyrtare të Shqipërisë, por dy burime të tjera: ditarin e të madhit Mithat Bej Frashëri dhe historinë e Tajar Zavalanit. Historia e Zavalanit dhe Ditari i Mithat Bej Frashërit kanë përkime fantastike me kohën. Ja avionët Caprioni që hedhin fletushka, Mithat Bej Frashëri para një grupi të rinjsh teksa përpilon thirrjen për Luftë dhe unë, kavia e çuditur e laboratorit.

"Duam armë! Duam armë! Rrnoftë Mbreti! Rrnoftë Shqipnia!'' thërret në krah meje një burrë rreth të pesëdhjetave, me mustaqe të dendura e të gjata që i varen gjer në kraharor. Më tutje një nuse e re me gjerdanë floriri rreth qafës, mezi mban në krah një djalë 4 vjeçar, që me duart e tij të vockla tund një flamur të Mbretnisë Shqiptare. Rreth gjashtë vetë, të gjithë të rinj, kanë rrëzuar një polic nga biçikleta dhe gati sa nuk i shqyjnë rrobat. Japin e marrin me policin e ngratë, që për pak sekonda e mbledh veten dhe u kundërvihet guximtarëve të rastit.

"Unë nuk kam armë! Ndigjoni Mithat Beun se çfarë thotë: A s'keni veshë me ndigju se janë krijue 3 vija mbrojtjeje me e mbrojtë Tiranën? Abaz Kupi ka zanë pritë në Durrës dhe do bajë kërrdinë mbi fashistat! Mbreti, zoti i dhantë ymën, do veshi opingat e do dali në mal me luftue!"-shpjegon polici por arsyetimin e tij nuk e dëgjon askush. Ja marrin biçikletën dhe ia shkelin me këmbë. Një skizofren i shkul rrotën e përparme dhe nxjerr nga brezi një revolver me mulli që e shkreh në ajër. Doktor Zimbardo ia mbath me të katra nga frika; e ndjek pas doktori kanadez Bruce Jonhson, ndërsa unë kam mbetur përballë para psikopatit, duke patur në krah vetëm shkencëtarin Stanley Milgram, të dy të paarmatosur. I panjohuri më vë revolverin me mulli në lule të ballit, ndërsa unë krejtësisht i shtangur nga ajo që po ndodh, vërej vdekjen me sy.

E kam ndier vdekjen për herë të parë në një ditë korriku të vitit 2004, në Liqenin e Ontarios, teksa u lodha dhe ngërçi më kapi këmbën e majtë. Frynte erë dhe kishte dallgë të mëdha, megjithëse ishte mes korriku. Thirrjeve të mia për ndihmë askush nuk u përgjigj, ndërsa unë bëja not qeni, për të ruajtur energjitë që po më shteronin e për ta mbajtur trupin mbi ujë. Hera e dytë kur pashë vdekjen me sy, ishta kur provova të punoja si ndihmës elektriçist gjatë pushimeve verore. Më duhej të bëja një lidhje në majë të shtyllës elektrike, ndërsa padashur preka kabllin që përçonte një korent prej 240 voltësh. Fluturova si një zog i vrarë nga shtylla e përfundova mbi një mullar bari. Hera e tretë po më ndodh sot, gjashtëdhjetë e gjashtë vjet më parë para këtij banori të revoltuar të Tiranës, që kërkon armë për të luftuar kundër fashistëve italianë që janë në portin e Durrësit. Historia thotë se në Italinë jugore ishin përqëndruar dy divizione këmbësorie, katër regjimente bersalierësh, tre batalione tankesh, një grup i karrocuar, batalioni special "San Marco", dy batalione speciale të zeza, një regjiment granatierësh, dy grupe artilierësh, shtatë kryqëzorë, gjashtëmbëdhjetë torpendierë, një nëndetëse si dhe Flota Ajrore Luftarake. Gjithësej tridhjetetetëmijë trupa. Tajar Zavalani thotë se u mobilizuan 100.000 ushtarë, dhe 180 luftanije.

Tyta e revolverit më prek ballin e ftohtë. Ndjej bulëzat e kripura të djersës të më zbresin në cepat e buzës. Nuk e besoj, nuk jam përgatitur, nuk e dua vdekjen. Dua ta jetoj e ta shijoj gjer në fund këtë udhëtim fantastik e t' ia tregoj në detaje të dashurës sime, Ramonës. Jetën e kam shumë të çmuar dhe sinqerisht e urrej faktin se mund të vdes. Psikopati nga Tirana tërheq këmbëzën ngadalë, ndërsa unë mbyll sytë dhe pres me emocione vdekjen. Nuk e di ku e shkela në kallo këtë idiot të irrituar dhe për herë të kuptoj se nuk ka më keq sesa të vdesësh nga rastësia. A ishte vërtet një rastësi që kasha ardhur këtu, apo kasha bërë një veprim që nuk duhej ta kasha bërë. Shtypa fshehurazi një buton në xhepin e majtë të brenevekëve dhe sakaq më kaloi në film gabimi im i pandreqshëm. Shikoj në kamera, të instaluar në retinën e syrit, sesi i jam afruar policit dhe e kam mbuluar me trupin tim për ta mbrojtur. Po, unë e kam mbrojtur policin pa dashje, hedhur përmbys mbi trupin e tij, e kam mbrojtur me trupin tim, ndaj dhe ky banor i

Tiranës primitive të mëngjesit të 7 Prillit të vitit 1939, është zemëruar me mua.

"Më fal mor burrë, por fajin nuk na e kan xhandart e Naltmadhnisë! Fajin na e kan horrat taljanë qi po hyjn n'Durrës,"- përpiqem unë të imitoj në dialektin gegërisht të gjuhës shqipe. Idioti me brekushe nuk do që t' ia dijë e vazhdon të tërheqë këmbëzën. Në të qindtat e sekondës shkencëtari Stanley Milgram i jep një grusht në nofull, ndërsa brekushexhiu përfundon sa gjatë gjerë në shesh, afro 5 metra larg nesh. Turma përreth shtanget e përfshihet nga ethet e Luftës. Ndërsa unë dhe zoti Milgram përpiqemi të dalim nga ai pellg thithës e vdekjeprurës, shikoj me bisht të syrit policë të tjerë të hipur mi biçikleta që përpiqen të shpërndajnë turmën e irrituar. Nuk mjaftojnë veçse dy orë që trupa të panumërta policore të hipur mi biçkleta të shëprndajnë banorët e Tiranës, ndërsa qielli shungullon e oshëtin nga avionët Caprioni.

Mijëra fletushka në italisht bien gjithandej nga barku i atmosferës. Nuk e di sesa orë kanë kaluar, kam ndjesinë se kam humbur sensin e kohës. Për frikën time nuk shikoj më banorë të irrituar, as policë të hipur mbi biçikleta. Ndërsa lë Tiranën në këmbë, pranë meje rishfaqet doktori amerikan Zimbardo dhe doktori kanadez Bruce Johnson. Karvane të gjatë njerëzish po lënë qytetin dhe ia janë sulur kodrave të Kamzës, fshatrave në rrëzë të Dajtit, si dhe rrethinave në të dalë të rrugës së Elbasanit. Grupe njerëzish nga dhjetë a pesëmbëdhjetë hipur mbi kalë, qerre, gomerë, që nxitojnë për dikur, ndërsa lënë pas qytetin e vdekur. Është pasditë e 7 Prillit; asnjë gjurmë, asnjë pipëtimë e asaj rrëmuje që ndodhi në mëngjes. Të vetmet lëvizje janë ato të bëra nga eskorta e Mbretit që merr rrugën e Elbasanit për të shkuar drejt Greqisë.

....Qyteti i Vdekur, qyteti im, Tirana, që e vuaj në çdo pore të trupit, në çdo qelizë; unë jam embrioni, një copë gur i ngulur në themelet e Tiranës. Më duhet të luftoj për këtë qytet të vdekur. Të jap jetën jetën për të! Do të shkoj në Durrës, atje ku Abaz Kupi përleshet me italianët.

Mijëra ushtarë me kemishë të zeza hipur në motoskafe sulmojnë bregdetin. Motoskafe të vegjël, të shpejtë...Dalin nga barqet e shtatë kryqëzorëve të mëdhenj, të zinj...Major Abas Kupi hedh vështrimin mbi dallgët plot shkumë të detit. Në ballin e gjerë i lexohen rrudhat që po I skalit Lufta. Italianët zbresin në qetësi në rërën e lagësht. Nuk pipëtin as edhe miza...Dëgjohet një krokamë korbi që fluturon për diku, mbi kokat e qethura të ushtarëve. Ushtarët e Mbretnisë Shqiptare tërheqin këmbëzat e pushkëve ngadalë. Në shënjestër janë vënë ata, të pathyeshmit. Jam larguar disi nga pozicioni i Mujo Ulqanikut, më intereson më shumë komandanti i tij, major Kupi, sesi vepron ai në këto çaste. Vështrimi i majorit tretet në largësi, atje ku bashkohen e bëhen një deti me qiellin. Atje ku dielli zhytet çdo mbrëmje në thellësinë e Adriatikut, për të dalë përsëri të nesërmen në mëngjes. Ia lexoj atë vështrim kobndjellës, teksa më përkthehet:

"Do të lindë përsëri dielli për Shqipërinë dhe shqiptarët!" Majori thotë këto fjalë të ndara në rrokje dhe ul krahun poshtë për të hapur zjarr. Një shi i dendur predhash bie mbi ushtarët italianë që kanë zbritur të shkujdesur nga motoskafët. Klithmat e të plagosurve shkundin atmosferën. Peizazhi delikat dhe i brishtë i natyrës është zëvendësuar nga zymtësia dhe madhështia e Luftës. Kam edhe unë një armë, një pushkë me mulli, që e mbush dhe e zbraz në drejtim të ushtarëve të huaj. Ja topat e Mbretnisë që qëllojnë mbi armikun. Ja topçinjtë shqiptarë si tërheqin litarët… Skuadrat e topçinjve janë të përfshira nga ethet e Luftës…   U shikoj bulëzat e djersës që u shndrijnë mbi ballet e nxirë dhe të pluhurosur. Një gjyle topi bie mbi kuvertën e një anijeje.. Dëgjoj klithmat e ushtarëve italianë dhe refrenin mortor "mama mia''! Motoskafet mbushen me njerëz dhë marrin drejtimin andej nga erdhën, si zogjtë e trembur të klloçkës. Një gjyle tjetër topi përmbys njërin nga motoskafët...

"Mama mia! Mama mia! Mama mia, let me go"! Përzierje kohësh, njerëzish dhe refreni i këngës së Fred Mercuri-t janë njollat e fundit në shpirtin tim , të lodhur nga marshi luftarak i Eminem dhe këngëtarit tjetër të parapëlqyer, Lutakris. Zbuloj për herë të parë në këtë udhëtim fantastiko-shkencor se njerëzit paskëshin ndryshuar shumë pak në këta 60 vjetët e fundit. Janë po aq trima dhe po aq frikacakë, sa ushtarët amerikanë që vriten sot në Irak. Ushtarët shqiptarë të entuziazmuar vazhdojnë të zbrazin gjylet e artilerisë bregdetare mbi armikun shumë herë më të madh në numër. Befas bie një qetësi e dyshimtë. Majori Abas Kupi përpiqet të fusë në lojë armiqtë e panumërt. I jep përshtypjen armiqve se është tërhequr dhe thyer keqaz. Motoskafet e mbushur përplot me ushtarë dalin përsëri nga kryqëzorët e mëdhenj, të zinj. Një ushtar shqiptar ka rënë para këmbëve të mia i copëtuar më dysh nga një predhë armike. Gjysma e trupit me pjesën e legenit dhe këmbëve gjendet larg pothuajse një metër nga gjoksi dhe koka e përgjakur, e cila ende lëshon disa fjalë të përgjysmuara:

"Shko në Skrapar dhe thuaju, se rashë si dëshmor!" Kaq thotë ushtari i panjohur, ndërsa unë me lot në sy i ngre kokën e përgjakur, që nga balta e pistë ku ka rënë. Balta…e pistë…e Atdheut! E marr pushkën e tij dhe qëlloj i ngritur në këmbë, mbi pozicionin tim mbi kokat e italianëve. Motoskafet kthehen mbrapsht për herë të dytë. Kthehem triumfator me fytyrë nga shokët e luftës dhe tund pushkën në ajër. Topat tanë të vjetër që i tërheqim me litarë, po e bëjnë punën e tyre. Gjashtë ushtarë shqiptarë më ngrejnë në ajër. Sytë u shkëlqejnë nga gëzimi dhe dëshira e papërmbajtshme për hakmarrje. Ndërsa festojmë për pak sekonda zmbrapsjen e gjashtë të rradhës, bateritë e artilerisë së Flotës Italiane qëllojnë me predhat e rënda. Një predhë topi bie m' u mbi mitralozin tim, që ndahet më dysh. Nuk e di sa kohë ka kaluar që luftoj në vijën e parë të frontit të luftës. Hedh vështrimin rretherrotull: kemi mbetur disa dhjetëra ushtarë që numërohemi me gishtat e dorës. Një dorë njeriu e këputur dhe e hedhur në krahun e majtë të pozicionit tim; një këmbë ushtari shqiptar pesë metra pas shpinës sime, dhjetë metra më tutje shtatë ushtarë të vdekur, të gjithë përmbys njëri-tjetrit. Një vakë të nxehti më kaplon shpirtin dhe një emocion i pashpjegueshëm më bën që të më dridhen duart.   Ata po afrohen! Këmishëzinjtë po afrohen me flamujt italianë në duar, ndërsa unë mbaj ende në duar një flamur shqiptar të grisur. ''Dhe dallga e gjakut, në sfond të qiellit ngriu! Një shqiponjë me një kokë të dyfishtë papritur zezoi mbi të! Flamuri u ngrit!'' Këto vargje të Xhevahir Spahiut, që sot në 7 Prill 1939, mbase është ende molekulë në organet gjenitale të të atit, më bëjnë të rrënqethem jo vetëm në kohën time, në vitin 2005, por edhe sot në këtë kthim pas në kohë, në vitin 1939.

"Ngjizur dheu fund e majë me gjak të kuq! Kallur burimeve e rrembave të lisavë pellazgjikë. Në gurë kështjellash e në maja shpatash! Gjak i kuq! Gjak i kuq! Gjak i kuq! Kujdes burrë i dheut mos shkel ligsht, mos shkel mbi alkiminë profetike të gjakur, se ..të zë nën vete qielli I madh!" Nuk di kë kam përpara, Xhevahir Spahiun, Abas Kupin, apo një ushtar italian që ma vesh me kondakun e një pushke e më shemb përdhe pa ndenja. Në agoninë timë prej ushtari të plagosur, shikoj disa ushtarë italianë tek lozin futboll me një kokë të prerë. Me një kokë të prerë të një ushtari shqiptar e papritur më vijnë në mendje dy vargje të Koçi Petritit:

"Loznin futboll një ditë, ndarë në dy skuadra superfuqitë, loznin me nje kokë të prerë, me n jë lëmsh prej mishi dhe eshtrash…" Njësitë e motorrizuara italiane shtypin kufomat e ushtarëve shqiptarë….Më duhet të ngre kokën e rënduar nga plaga e marrë…Nuk e di kur e mora plagën, mbase është halucinacion i makinës elektronike, që e kam të instaluar në pjesën e prapme të trurit. Oh, sa kisha dëshirë të vija këtu në vijën e parë të Luftës. Të vras dhe të më vrasin! Ta shikoj një frymë njerëzore teksa pushon së ekzistuari, nga tërheqja e gishtit tim të vogël. Në rripin e pantallonave kam të fshehur një mauzer! E nxjerr ngadalë dhe ia vë pas kokës një oficeri Italian që së bashku me dy të tjerë më mbart në barrelë. Për çudinë time është vetë doktori Zimbardo, që më buzëqesh me dhimbje e më paraqet dy miqte e mi të vjetër, doktorin kanadez Bruce Johnson dhe shkencëtarin Stanley Milgram. Kuptoj ç'kam bërë, ku ndodhem dhe për ku jam nisur. Gjithshka ndodh në të qindtat e sekondës. Skuqem i tëri dhe lëshohem krejtësisht në krahët e fatit të paracaktuar nga vetë ata, shkencëtarët më të mirë të Amerikës së Veriut.

Katër kinezët

Cian Ci Cu-ja, Tung Pin Hu-ja, Can Kai Dun-i dhe Sho Fen Hua-ja kishin kaluar një seri peripecish për të ardhur gjer në Shqipëri. Pasi kishin siguruar dokumentat e nevojshme, po bëheshin gati të lundronin drejt Italisë. I hipën një motobarke në portin e Durresit rreth ores 12 të natës, në një kohë me mjegull e pakëz erë. Nga çasti ne çast dukej sikur do të binte shi. Të katër kinezët, pakëz te lumturuar e të shqetësuar njëkohësisht, zgurdullonin sytë e gjysëm italisht, gjysëm kinezçe, pyesnin here pas here tre anetarët shqiptarë të ekuipazhit:

"Dove siamo çu, çu. çu? Speriamo per arrivare i ora, ça ka cerr?" Ekuipazhistët, mjaft të qetë, filluan të tregonin me këmbë dhe me duar se gjithçka ishte ``tuto okej`` dhe se së shpejti kinezët do ta gjenin veten ne bregun tjetër. Fshehurazi i shkelnin syrin njëri tjetrit me djallëzi, zgërdhiheshin si pa të keq e futnin duart në xhepat e fryrë nga paratë që klandestinët nga Kina ua kishin numëruar kokërr më kokërr në dorë, porsa ishte nisur motobarka e famshme me emrin ``Aulona.``

Kinezët rrotullonin sytë në të katër anët e horizontit, por ishte krejt e pamundur të shihje gjë. Errësira dukej sikur i kishte bërë të verbër. Megjithatë...ja perëndimi, nga i cili i ndanin vetëm pak milje detare. Dalëngadalë stepja e momenteve të para kaloi dhe ata filluan të shkëmbenin ndonjë fjalë me njëri-tjetrin.

"Sapo të mbërrijmë, do të marrim tren për në Romë- tha Cian Ci Cu-ja, që dukej se ishte më optimisti prej tyre.

"Unë them të presim njëherë e të mos hidhemi ashtu kot në tym, pa e njohur gjendjen-ia pat mjaft serioz Tung Pin Hu-ja.

"Peshku në det e tigani në zjarr, thoni ju," u zgërdhi Can Kai Dun-i.

"Shikoje atë majmunin atje me mustaqe! Kam frikë se do të na ngulë ndonjë

thikë pas shpine."

"T'u fus ndonjë karate e t'i lë të vdekur në vend!" plotësoi dialogun e çuditshëm Sho Fen Hua. "Mos ki frikë, i dashur. Duken krejt ngordhalaqë!"

Tre shqiptarët, pjesëtarë të rrjetit të embarkimit të klandestinëve, me katër milionë e tetëqindmijë lekë të vjetra në xhepat e tyre, mundoheshin të kapnin ndonjë gjë nga ajo gjuhë e pakuptueshme. Dinin të thonin ``Ni hao ma``, që në shqip përkthehej ``si jeni, mirë?``, ``Ni hao``-``mirë jam`` dhe ``she she``, që përkthehet ``faleminderit``. Shqiptarëve u dukej se kinezët ishin disi të shqetësuar. Njëri prej tyre nxori një banane nga një torbë e vjetër dhe ia dha njërit prej shqiptarëve, që dukej si më trimi, dhe që të merrte gjak në vetull.

'Ha! Shu-ma mi-rra! -tha Cian Ci Cu-ja. "Kina fa molto ça çu mjau."

"Cere thotë ky mër jahu?" pyeti ai me mustaqe, qeë nga pamja dukej se duhej të ishte kapoja. "E di, e di që ka shumë mace në Kinë!" tha ai, pasi i dha dum muhabetit, siç ia dha kaplloqja.

"In Italia non ciu quk pik, quk quk pik, ham kam, kum,"ia pat Tung Pin Huja.

"Mos e çaj b... ja erdhëm në Itali, mos u mërzit!" iu përgjigjën të dy në kor shqiptarët që nuk kishin mustaqe. (Me shenja, si hieroglife teë pakuptueshme, ata përpiqeshin të shpjegonin fjalët e tyre.)

Kështu kaloi dhe pak kohë udhëtimi fantastik, gjersa për gëzimin dhe lumturinë e pa kufi të të katër kinezëve, (që ishin marrë vesh për bukuri me shqiptarët), diku në horizontin e turbullt, u shfaqën ca grimca drite.

"Kuesta e Italia,"-tha kapoja. "Edhe pak, hidhuni pëlltuq ne ujë!"

Kinezët shpërthyen në britma gëzimi. Për herë të parë pas kaq kohësh po realizoheshin ëndrrat e tyre.

"Can Kai Du Du!"-ulëriti si skiozfren Sho Fen Hua. "Do tëe hap një tavernë." Cian Ci Cuja, pasi bëri një shenjë të turpshme me dorë, u shpreh se do të ngrinte një bordell. Duke thirrur e puthur njëri-tjetrin gjithë entuziazëm kinezët shtuan njëherësh në kor:

"Ua hodhëm shqiptarëve! Me fare pak dollarë, siguruam jeten.

Bregun dukej sikur do ta prekje me dorë. Shpejteësia e motobarkës ishte zvogëluar në minimum. Kapoja u hodh vetë i pari e tregoi me shenjë thellësinë e ujit.

"Hidhuni, s`ka thellësi. Kinezët të marrosur u hodhën të gjithë njëherësh e gati sa nuk e përmbytën motobarkën...Duke ia shkelur me të katra e herë herë duke rënë përmbys në ujë, më në fund këmba u shkeli në tokën e lagësht. Kishin mbërritur nëe ...Gadishullin e Karaburunit. Kontrabandistët, që nuk e kishin herën e parë që merreshin me kësi punësh, pa u ndjerë fare, i lanë të qetë kinezët në shpëerthimet e tyre euforike... Rriten ngadalë shpejtësinë e u zhdukën nga sytë këmbët në vellon e errësirës.

Të katër kinezët as që e kthyen kokën të shihnin se ç`bëhej...Duke u hedhur kollotumba e duke u puthur, hynë në thellësinë e një zone ushtarake!

"Ndaaaaaaal! Duart lart, shkerdh....! Mos lëvizni!"- ulëriti ushtari i shërbimit.

Kinezët për një çast nuk po merrnin vesh se çfarë bëhej. E njëjta gjuhë..Të njëjtat tipare që i përkisnin të njëjtës racë njerëzore...me atë të ekuipazhistëve. Megjithatë...

"Bo, Bonxhorno. Cu. Cu. Bonosera! Skuzi!-thanë tëereë frikëe ata, duke u dridhur e plotësuar njëri-tjetrin.

"C`bonxhorno e ç`bonosera, more!? Hajde! Tunduni! Duart lart, se ju vrava. O nëne moj! Na paska pushtuar Kina!"-tha ushtari, një tepelenas,,,dhe ua mbajti grykën e pushkës model 56 mm drejt e në fytyrat e prishura. Kinezët ngritën duart lart e ende nuk po e merrnin vesh se ku ishin...Në Itali, apo andej nga lanë pas erresirën...Mes mëdyshjeve e nën frikën e pushkës, ata morën rrugën për nga i drejtonte ushtari shqiptar....drejt dhomës së izolimit të repartit ushtarak.

Gjyshja është shtrirë brenda në arkën e drunjtë e nuk flet asnjë fjalë. Ka mbyllur sytë, ndërsa gojën gjysmë të hapur ia kanë lidhur me shami. Nëna më pëshpërit se para se t'i merrej goja, gjyshja kishte përmendur emrin tim. Tre tezet, krejt në të zeza, më puthin fort në të dyja faqet, ndërsa më e madhja, Fatimeja, ma bën me shenjë që t'ua lë rradhën nipçeve të tjerë, por unë nuk dua të dëgjoj dhe vazhdoj ta mbaj gjyshen vetë në kurriz. Nuk arrita ta shoh dot për herë të fundit. Gjatë të gjithë kohës kam qenë larg dhe përherë i zënë me punë. Sa mora vesh mandatën, i hipa autobusit të parë që nisej për në Berat. Deshi i madhi Zot dhe ja: arrita të paktën ta mbaj mbi sup për herë të fundit.

Nuk e di se çfarë i kanë veshur, ndoshta rrobat më të shtrenjta, ndoshta atë fustan zie që e bleu me kursimet e veta. Sa herë thoshte e shkreta gjyshe:

"Këto rroba të mira do t'i vesh për në varr." Hapte sepeten dhe nxirrte që andej një fustan akllazi të zi, një shami koke të zezë, një palë shapka plastike. Më dridhej mishi dhe leqet e këmbëve, kur shikoja rrobat e vdekjes që gjyshja i ruante thellë në sepeten e drunjtë për merak. Qaja në heshtje, kur mendoja se ajo, njeriu më i dashur i jetës sime, do të vdiste një ditë. Përfytyroja botën, sesi duhej të ishte pa të: një botë ngjyrë gri, me një diell të venitur dhe të ngrënë, reliev i njëtrajtshëm, pastaj i mundur hiqja dorë. Nuk arrija dot ta përfytyroja botën pa gjyshen. Ajo botë pa të më dukej e frikshme. Njëherë mbaj mend se i kërkova gjyshes që t'i vishte ato rroba për mua, por gjyshja ma preu shkurt, duke më thënë se ato rroba ishin për të shkuar në botën tjetër.

"E lava për herë të fundit me duart e mia," thotë nëna, ndërsa përpiqet të më fshijë lotët, që më rrjedhin çurkë. "Ishte dobësuar aq shumë sa ishte bërë sa një grusht! Ditët e fundit nuk arrinte të kuptonte më. Nuk njihte asnjë në fytyrë. Fliste gjysma fjalësh të ngatërruara dhe krejtësisht pa kuptim. Njëherë dha shpirt. Ktheu kokën mënjanë dhe nxori nga goja një shkumë të bardhë. Thashë, të paktën nuk vuajti shumë, por ulërima e tezes tënde, Fatimesë, e solli prapë në vete! As e gjallë e as e vdekur, ndenji në krevat edhe dy javë të tjera.”

Nëna më rrëfen në detaje çastet e fundit të gjyshes, ndërsa mua më duket sikur lëviz diçka brenda në arkën e drunjtë. Ndjej zërin e ëmbël të gjyshes. Vërej duart e saj të vyshkura të dalin nga poshtë dërrasave e të më përkëdhelin ngadalë. Më duket sikur jam nëntë vjeç, në fshatin Remanicë të Beratit, në fshatin ku kaloja shpesh pushimet verore. Ato duar të thara dhe me gunga, sikur më lajnë përsëri me atë ujin e përvëluar e të përzier me finjë. Ajo unaza e martesës në gishtin e gjyshes më vret përsëri.

“O të keqen, o gega i mamasë! Të vrau mamaja, ty të keqen?” dëgjoj zërin e saj të ëmbël. “Pa hajt të të mbështjell me këtë jorganin prej akllazi që ta kam bërë vetë. Do të të japë

100

mamaja qumësht me biskota. Dajë Tomorri do të na sjellë pastaj pak kulloshtër. Të pëlqen kulloshtra ty, të keqen?"

Qëkur u ndava nga gjyshja, nuk kam provuar më as kulloshtër dhe as bullaz. A e dini se ç'është bullazi? Ca peta prej brumi të gatuara në gjalpë, të mbështjella si gërshet që piqen në furrë dhe brenda kanë gjizë.

E mbaj mbi sup dhe nuk më besohet se ajo, njeriu më i dashur në botë ka vdekur. Dajallarët hedhin nga një grusht dheu! Hedh dheun me lopatë e gjithçka më duket si një lojë krejtësisht pa kuptim. Gjyshja nuk ka vdekur. Ja ku më shfaqet në krah dhe më puth lehtë në faqe. Njësoj si atëherë kur isha nëntëvjeçar dhe ne të dy loznim lojën e vdekjes. Gjyshja bënte sikur vdiste dhe unë filloja të ulërija sa të më hante gurmazi nga frika dhe ankthi. Kur e shihte se gjithçka e kisha marrë shumë seriozisht, gjyshja e linte lojën përgjysmë. "Përmendej" dhe më përqafonte me krahët e saj të brishtë.

Tashmë ajo zbret poshtë me litarët që lëshohen ngadalë nga dy varrmihës truptharë. Ngul vështrimin tim mbi dërrasat, që mbulohen nga dheu i lagësht. Dalloj një dorë që thyhen dërrasat. Pastaj një dorë tjetër. Varrmihësit lëshojnë litarët e ia mbathin nga sytë këmbët. Të gjithë ikin me të katra. Vetëm unë qëndroj përballë asaj arke, ku duket se diçka shumë e rëndësishme po ndodh. Një trup i vdekur gruaje ngrihet ngadalë në këmbë. E vështroj thellë në sytë e zbrazët. Ka një shkëlqim të ndezur, si kongjijtë e oxhakut në atë fshat të bukur buzë Osumit. Është gjyshja ime. Më zgjat krahët. Më përqafon fort! Aq fort, sa futet ngadalë brenda meje. Ndjej dhimbje trupore. Më dhembin kockat. Mishi. Organet e mia të brendshme. Më dhembin damarët. Gjyshja depërton brenda meje, ashtu e veshur dhe e mbuluar me kokrriza dheu.

Që nga kjo ditë, ngado që shkoj, më duket sikur marr me vete gjyshen time të vdekur.

Paul vjen shpesh në parkun ku mblidhen patat e egra dhe italianët e moshuar. Ka një palë vetulla të trasha, duar tërë gunga, sy të mëdhenj që duket sikur kërkojnë lëmoshë. Koka e stërmadhe i lëkundet ngadalë mbi supet e këputur. Sa më sheh ulet drejt e në stolin tim, pa më marrë leje dhe më zgjat dorën për lëmoshë. Fus duart në xhepa dhe i jap të gjitha të shkoqurat që më gjenden në xhep. Është një ritual pothuajse javor. Paul e di se unë vij zakonisht të shtunën dhe të dielën. Ka regjistruar saktësisht edhe orën kur vij dhe ulem. Nuk di pse më ngjall mëshirë ai njeri, me të cilin nuk më lidh asgjë. I rras grushtin me monedha kanadeze në duar dhe i dalloj damarët e trashë si kapërcyell të pabindur.

E shoh tek largohet gjithë qejf. Nuk e kthen kokën pas. Befas dalloj ta ndjekin pas tre fëmijë, të cilët e qëllojnë me gurë dhe e përqeshin. Burri i ngratë rrëmben diçka nga toka dhe e hedh në drejtim të tyre. Nga buza e varur i derdhen pa kursim një çurkë jargësh. Ngrihem instinktivisht nga stoli dhe i qëndroj Paul-it në krah. Breshëritë e gurëve të hedhura nga fëmijët më godasin ku të mundin. Një gur më godet në vetullën e majtë. Përpiqem të fshij sytë nga rrjedha e gjakut. Fëmijët harrakatë më humbin nga sytë. Ndërsa Paul zgjat dorën për të më fshirë syrin, i dalloj një byzylyk të lakuar rreth dorës së majtë. Paul ma afron para syve. Në byzylykun prej alumini janë gdhendur fjalët:

"Medical Alert"!

Hap celularin e kërkoj me nxitim ne Google për të kuptuar se çfarë nënkuptojnë ato dy fjalë:

"Një person mund ta mbajë byzylykun për të paralajmëruar mjekët në rast emergjence se ka një problem serioz me shëndetin."

Në vitin 1956, një vajzë 14 vjeçare e quajtur Linda Collins preu gishtin dhe kërkoi trajtim në një spital në Turlock, California. Para se të bënte gjilpërën, Linda mori një dozë të vogël për të zbuluar nëse do të kishte ndonjë reaksion ndaj tetanozit antitoxin dhe pothuajse vdiq si pasojë e ekspozimit. Babai i Lindës, doktori Marion Collins, kërkoi që e bija të mbante një shënim me shkrim për alergjinë e saj, duke e bashakngjitur me një byzylyk. Doktori Marion më vonë krijoi një byzylyk të argjendtë, mbi të cilin ishte shkruar jo vetëm lloji i alergjisë, por edhe emblema e profesionit mjekësor - dy gjarpërinj të mbështjellë rreth një shtize - dhe fjalët "Medical Alert".

"Jam njeri pa njeri-thotë Paul! – S'kam të drejtë të krijoj familje. Ata që më afrohen duhet të kenë kujdes nga unë, sepse jam i rrezikshëm dhe nën mbikëqyrje mjekësore!"

Më bëjnë përshtypje fjalët e tij normale! Anormal që mban një byzylyk rreth dorës si mjet identifikimi! Paul më afron një shami nga xhepi për të më fshirë gjakun që ende më rrjedh nga vetulla e më ka mbuluar fytyrën.

Pas shpinës dëgjoj një zhurmë biçiklete. Një vajzë me flokë ngjyrëkafe dhe sy sterr si nata zbret nga biçikleta dhe më afrohet. Më vështron me aq dhembshuri, sa shtangem e nuk di se çfarë t'i them.

"Ishte një mrekulli ajo që bëre! Po përse duhej të rrezikoje kaq shumë?"

I afrohem. Shumë afër! Sytë e mi ngulen thellë në sytë e saj. Ndjej afshin femëror të më hyjë në poret e trupit.

"E kam mik, por të njëjtën gjë do të bëja edhe për ty," i them shkurt.

"Vërtet?"

"Po!"

Vajza më afrohet edhe më e më puth lehtë në faqe. I hipën biçikletës dhe zhduket përmes drurëve të zhveshur të parkut.

Është shumë vonë, ndoshta tre pasmesnate. E mbaj frymën drejt e në dhomën e gjumit, para komodinës së vogël, mbi të cilën qëndron kutia e regjistrimit të mesazheve. Jap e marr me sistemin dixhital të mesazheve, pa hequr ende rrobat. Asnjëherë nuk e kam vënë re kaq hollësisht këtë kuti pothuajse magjike, në të cilën mund të vë në punë saktësisht njëmbëdhjetë butona. Kaloj mollëzat e gishtave mbi butonin

"Mesazhet e reja" e dëgjoj me ankth, se kush më ka lënë ndonjë fjalëz në eter.

"Arbi! Mami jam! U bëfsh 100 vjeç! Tani që po të marr në telefon, kam fotografinë tënde parasysh, që po e puth. Më merr në telefon kurdo që të vish."

Zëri i nënës, megjithëse elektronik, më është aq i dashur, sa më rrënqeth të tërin. Në errësirën e dhomës më zbret një tufë rrezesh hënore, që marrin formën e një vizioni trupor. Është figura e saj që jep e merr me mua. E dashura, nëna ime! Ajo nuk harron asnjëherë. Nuk ka harruar asnjëherë të më marrë gjatë këtyre pesëmbëdhjetë vjetëve, që kam qenë larg saj. Ndërsa unë nuk di saktësisht ditëlindjen e nënës. Më duket se e ka më 27 mars. Nuk kam pasur kohë.

Kam qenë shumë i zënë. Jam mësuar me largësinë e saj. E përfytyroj atje, ndanë rrugës kombëtare, që kalon në fund të qytetit dhe vetë atë në atë dyqan të mbuluar nga pluhuri i makinave, ndërsa shet me bërrylat e ngulur mbi banak. E shikoj, teksa ul receptorin e me fytyrën të mbuluar nga mërzia dhe hedh vështrimin larg, në kodrat përballë.

Të gjithë ne, djemtë dhe vajzat e saj jemi larg. Unë përtej Atlantikut. Dy vëllezërit dhe motrat e mia, së bashku me bashkëshortët punojnë në Itali, që prej pesë vjetësh. Në shtëpinë time të fëmijërisë ka mbetur vetëm ajo dhe sirtarët e mbushur deng me fotografi. Ana, motra ime e madhe, më tha një ditë në telefon se nëna qan fshehurazi.

"Happy birthday to Youuuu! Ha.ppyyyy, birthday.. toooooo youuuuuu! Arbi, jam Rina!

Po si nuk kapesh njëherë, mo?! Të puth në të dyja faqet."

Këto mesazhe m'i ka lënë Rina, kushërira ime e bukur, me banim në Belgjikë! Ndodhet atje që prej dhjetë vjetësh me burrin dhe djalin e saj dymbëdhjetëvjeçar. Me Rinën jam rritur. Ajo është shoqja ime e fëmijërisë. Asnjëherë nuk e marr në telefon. Nuk i mbaj mend as numrin. Kur u njoh me burrin e saj, nuk doja që ajo të martohej. Jo se vuaja nga ndonjë ndjenjë incesti, por thjesht ngaqë mendoja se Rina, kushërira ime, ishte aq e bukur, saqë nuk mund të gjendej burrë për të. Por burrë për të kishte dhe ai, Ardiani, ishte një djalë i pashëm dhe punëtor.

"Hiii, Arbi..!". Mesazhi i tretë dhe të dymbëdhjetë mesazhet e tjerë që vijnë pas tij, i përkasin të njëjtit person misterioz, që më kërcënon me zërin e tij të zvargur. Ka një tingull të trashë, voluminoz, të rëndë. Ky është patjetër zoti Mcgregori, fqinji im skizofren, që më akuzon se i kam prishur mendjen zonjushës Viola H. Të them të vërtetën, mua as që nuk më intereson seksualisht zonjusha Viola H., pasi e shoh shumë rrallë, ndoshta njëherë në muaj, kur takohemi në ashensor. I vetmi takim trupor me zonjushën "H" ishte pikërisht në atë hapësirë të ngushtë, ku u bënë brenda pesëmbëdhjetë vetë dhe ajo, Viola H., u mbështet e gjitha tek unë. E mbaj mend mirë erën e parfumit të saj, "White diamonds" me nënshkrimin "Elisabet Taylor". Vetëm kaq është e gjithë historia. Nuk e kuptoj përse zoti Mcgregori është bërë kaq shumë xheloz. Pastaj nuk më duket e drejtë, që pikërisht në ditën e lindjes sime, të marr padrejtësisht një tufë mesazhesh kërcënimi. Zoti Mcgregori banon në të njëjtin kat me mua, në apartamentin 1607. Ndjej gjakun të më bymejë damarët. Dal me shpejtësi dhe qëndroj përballë derës së fqinjit tim xheloz. I bie fort me grushta! Zoti Mcgregori hap derën.

"Dëgjo këtu ti zotëri! Mos më lër më mesazhe, të lutem! Ajo Viola H, nuk më intereson fare! Kupton se çfarë po të them? Sot kisha ditëlindjen e në vend që të shijoja urimin e nënës, ajo xhelozia jote më shkatërroi nervat. Më prishi të gjithë mbrëmjen."

Marr frymë me zor. Pas shpinës së zotit Mcgregori shfaqet vetë ajo, e veshur me këmishë nate. I dalloj linjën e hollë të sutjenave. Kthehem me shpejtësi e përpiqem të mbyll derën. Zoti Mcgregori zgjat dorën që i dridhet. Më kërkon falje. Por unë nuk fal kollaj. Përplas derën dhe kaloj përsëri gishtat që më dridhen mbi "answer machine".

I shuaj të gjitha, përveç mesazhit të nënës.

Skampini punonte si gazetar në Ministrinë në Mbrojtjes, në kohën kur filloi të jetonte në një ndërtesë të vjetër, të përdorur si spital kuajsh nga Italia para Luftës së Dytë Botërore. Në atë spital ndjente shpesh një shije të hidhur në gojë, ndërsa qëndronte i gozhduar në shtratin bashkëshortor. Kishte ndjesinë se edhe ai vetë ishte shndërruar në një kalë të sëmurë, që lëngonte nga reumatizmi nën ajrin e rëndë e të palëvizshëm, që qëndronte pezull mbi atë shtresë të lagësht bajgash. Të gjithë njerëzit që ishin strehuar në atë ndërtesë të përdorur më parë nga kafshët, (ndër ta tre gazetarë, bashkë me familjet e tyre) kishin hyrë me forcë, në pamundësi për të pushtuar ndonjë mjedis tjetër.

Skampinit i dukej vetja si ndonjë gërdallë me ato këmbë të zgjatura dhe të holluara, me nofullat e rënda prej kali e krifën e zezë të flokëve, që i tundej e shkundej sa herë vraponte nëpër erë. Nganjëherë i trembur çonte dorën prapa mbi vrimën e anusit, se mos vërtet i kishte dalë bishti me qime të dendura dhe të ashpra, karakteristike për këto lloj kafshësh hijerënda, por gjithsesi fisnike. Në vend të këtyre qimeve të ashpra, për lumturinë tij të vetme, qëndronte përherë stoike, por e butë si kadife, po ajo shtresë qimesh ngjyrë kafe në të errët. Herë-herë i bëhej sikur dëgjonte disa hingëllima të largëta e në ëndërr i shfaqeshin tufa të mëdha kuajsh, tek shkonin galop përmes hapësirash pafund. Ndonëse përsëriteshin ditë pas dite me një rregullsi të mërzitshme, këto konture kafshësh besnike e të komunikueshme për shumë njerëz, jo vetëm që e bezdisnin, por kohët e fundit ia kishin shtuar frikën e shndërrimit në një lloj hibridi të përçudnueshëm e qesharak. I fashatuar nga shtrojet e bardha dhe krejt i pambrojtur nga penicilinat imagjinare të mjekëve e të infermiereve, gjithashtu imagjinare, Skampini po jetonte si njeri nga këta ish-pacientë të çuditshëm. Si pa e kuptuar as vetë, duke u bërë gjithnjë e më e qartë, ai po vërente se edhe

114

shijet për ushqimin po i ndryshonin. Mishin filloi të mos e shihte me sy. As vezët, djathin, gjalpin, gjellët në përgjithësi nuk para i provonte. Hante vetëm sallatë, lakra të regjura, ullinj të konservuar, qepujka, kastravecë e speca turshi, patate të skuqura, gjithçka që kishte të bënte me perimet dhe zarzavatet.

Skampini po mendonte të gjente gjithsesi një zgjidhje të arsyeshme në vetvete. Kjo gjendje nuk duhej të ishte pasojë vetëm e fiksimeve të shkaktuara nga mjedisi ku jetonte, por edhe e mirazheve që i prodhonte truri i lodhur. Ai po priste me ankth që t'i ndryshonte lëkura, t'i dilnin thundrat, t'i zgjateshin turinjtë e veshët; t'i zmadhoheshin sytë, t'i zgjerohej gjoksi dhe barku. Asgjë nga këto nuk ndodhi. Asnjë ndryshim fizik që të shprehte kafshërimin që po ndodhte në thellësi të qenies së vet. Ai nuk kishte pse të kishte frikë nga njerëzit, apo ata të ruheshin prej tij. Ajo çka ishte e padukshme dhe njëkohësisht më e tmerrshmja ishte procesi psikofizik që po ndodhte në trurin e tij, në abstraksionin ku ishte zhytur e nga ku s'kishte aspak dëshirë të dilte. Atij i bëhej se po vuante tërë sëmundjet e kuajve të shtruar dikur në atë spital, që ende ruante konturet e haureve dhe të stallave të larta, me gjithë përshtatjet, që i ishin bërë për nevoja të ndryshme nga regjimet që kishin kaluar, që nga koha e ndërtimit nga Italia në vitin 1937.

I preokupuar idiotësisht pas historisë së kësaj ndërtese të vjetër, të cilën e mbulonte një tavan i thurur me kallama, Skampini në kohën e lirë pas pune shfletonte nëpër duar një tufë fletësh të zverdhura, të cilat i kishte gjetur në një kasafortë të shqyer e të ndryshkur, mbuluar krejt nga pluhuri i harrimit. I përhumbur teksa përtypte domatet jeshile të spërkatura me pak vaj, kripë e uthull, ai kalonte parasysh me dhjetëra kartela mjekësore ku ishin shënuar emrat e atyre kafshëve të gjora apo të vendeve të transferimit, ecuria e sëmundjeve, dozat e recetat e përdorura, injeksionet, adresat e spitaleve të tjera të të njëjtit funksion, apo të destinacioneve të ndryshme, siç ishin rëndom thertoret apo fabrikat e përpunimit të mishit të grirë e ato të sallamit në Itali e gjetkë.

Shënimet ishin mbajtur në gjuhën italiane me një kaligrafi të rregullt e të kuptueshme, pajisur me shënime plotësuese e vëzhgime të herë pas hershme për gjendjen e pacientëve misteriozë. Aq shumë ishte i rrëmbyer pas këtyre gjërave të kota dhe boshe, saqë ai nuk vinte re si kalonin orët, ditët, javët, muajt. Ky pasion i marrë dhe bosh e detyroi që ashtu pa qëllim, pa e pasur aspak synimin në atë drejtim, të ushtronte një kurs intensiv për mësimin e italishtes, pa e ndjerë shumë vështirësinë që kishte hasur Graham Grini në mësimin e kësaj gjuhe. Në netët e errëta një trokth i lagësht kuajsh i bëhej se i avitej dritares e ai i trembur për vdekje ia ngulte i dëshpëruar sytë tavanit, nga i cili nuk po gjente shpëtim. Konture e forma të habitshme si shpina të valëzuara kuajsh vërtiteshin në atë tavanin gati të gremisur, gjer në orët e para të mëngjesit, kur përsëri i bëhej se nga trupi po i përhapej një erë e rëndë kuajsh. I brengosur hapte dritaren, por një turi i bardhë me flegrat e zmadhuara të hundës i përplasej m'u në fytyrë.

Çohej rregullisht herët; me bashkëshorten përkrahu merrte rrugën për në punë. Në ambientet e redaksisë kishte mundësi ta harronte sadopak mendjen, por zyra e tij fatkeqësisht ndodhej përballë asaj të shefit të strehimit. Bënte ç'bënte i detyruar do të kalonte të paktën një herë gjatë ditës nëpër korridorin e gjatë përballë asaj dere, i shtyrë nga një kryeneçësi dhe pastërti kuajsh. Porsi një kalë karroce me vështrim të kufizuar, sikur të kishte llapat e gomuara anash syve, shikonte vetëm drejt dhe nuk dinte ç'ishin prapaskenat, letrat e listat e sirtarëve, thashethemet e biografisë, që thureshin për njërin apo për tjetrin kafeneve. Atij, si kalë që e ndjente veten, mund t'i hipte në kurriz cilido epror, që ishte në një shkallë më lartë, ta urdhëronte të ndryshonte karakterin. Ndonëse nuk kishte ndodhur asnjë ndryshim fizik në kokalla e në muskuj, i destinuar për të qenë i varur dhe i përkulur, me një durim prej kali mbartte për në pafundësinë e trishto barrën e karrocës së ditës. Duke qenë se kishte mendësi kali, në qoftë se do të pranohej unanimisht se kuajt kanë mend, nuk merrte vesh asnjë nga poshtërsitë e kësaj mbitoke dhe ishte i interesuar në këtë botë, që të ndërrohej ajo stallë e qelbur ku përtypte mbrëmjeve tagjinë e tij të varfër. Ja si e shpërblente shteti shërbëtorin e tij të devotshëm. Vallë këtë çmim kishte besnikëria? Pastërtia njerëzore? Ndershmëria ndaj detyrës? Se këtë shtet dikush duhet ta bëjë. Mos duhej të ishte fleksibël? Të bëhej kameleon? Apo të ngordhte si një kalë i sëmurë në atë ish-spital gati në të shembur?

Skampini kishte përfituar mjaft nga ndershmëria e kuajve; nga besnikëria e kësaj race kafshësh dhe as që e çonte nëpër mend të bënte një gjë të tillë. Dhe. reumatizma e astma e bënë detyrën e tyre. Mjekët e morën në një gjendje krejtësisht të rënduar e ashtu, krahë e kofshë e shtuan në spital. Atje nuk i dhanë ndonjë shpresë për përmirësim. Kockat i shponin, sikur i nguleshin në trup me qindra gjilpëra të nxehta. Përveç halucinacioneve, mirazheve e fiksimeve, iu shtua edhe neveria. Kur i sillnin mishin e drekës i vinte për të vjellë. Megjithëse i thoshin se ishte mish viçi, lope a keci, sipas rastit, atij, i bëhej sikur hante mish kali. I ngecte në grykë. dhe i ngulitej në tru mendimi se do të vdiste shpejt. Në dallim nga ish-spitali i kafshëve, banesa e tij vdekjeprurëse, ky spital kishte vërtet një pamje të tillë të përshtatshme, me pavijone e shtretërit e rregullt, infermieret që hynin e dilnin, mjekët me bluzat e bardha. Nganjëherë i bëhej sikur do ta hidhnin në ndonjë karrocë për ta rrokullisur në ndonjë kanal në anë të qytetit. Më e bukura ishte se në këtë dyzim terrorizues atij ia kishte qejfi të përfundonte në ndonjë fabrikë sallami.

Përfytyronte copërat e grira të tuleve të tij tek përtypeshin nga qindra dhëmballë, tek kalonin nëpër zorrë, grumbulloheshin në stomak, dilnin përmes anusit, nëpër vrimën e WC-së, në kanalet e ujërave të zeza e pastaj në det. Fantazia e tij pa u ndalur kapërcente të gjitha pengesat e arsyes njerëzore. I shndërruar në ujë vërente veten tek kthehej në bar, tek hahej me shije nga kafshë të ndryshme barngrënëse (ndërmjet tyre kuajt), tek bëhej përsëri kalë dhe. i palodhur niste përsëri nga e para. Në këtë marramendje pa anë e pa fund, si në lojën e korridoreve me pasqyra, nga ku s'mund të dilje kollaj, ai nuk e kishte ndier se kishin kaluar mjaft muaj duke qenë i plandosur në shtrat, gjersa një ditë e shoqja, si me takt, i foli për pushimin e tij nga puna. Ky fakt e trishtoi pa masë. Vetja po i dukej gjithnjë e më i pafuqishëm, i parëndësishëm, madje impotent.

Kishin marrë fund mbrëmjet e ethshme të dashurisë, ndërsa e shoqja i dukej përherë e më e largët dhe e paripushtueshme. Ç'ishte më e keqja, ai as nuk e dëshironte më. Mjedisi mbytës me erë medikamentesh i mpinte çdo lloj eksitimi seksual dhe shpirtëror. Jeta po i dukej e vakët, si një film i mërzitshëm, të cilit s'i merrte vesh asnjë fjalë. Po kuptonte se ai spital kuajsh nuk i ndahej, porsi një fantazmë a hije e pabesë, nën diellin e nxehtë të shkretëtirës së ambientit. Vriste mendjen se ç'mund të bëhej pas mbarimit të kurës së tejzgjatur, në mes atyre njerëzve, gjithsesi të gjindshëm. Duke ia ndjellë fundin vetes, gjithnjë supersticioz i pandreqshëm. Skampini priste që përfundimisht, pas kaq muajsh të rikthehej në strofullin e vet.

Dhe një ditë.. me fletëdalje në dorë e me të shoqen përkrahu erdhi përsëri në spitalin e kuajve. Por të këqijat nuk do të kishin të sosur! Me pushimin nga puna dhe mosshërimin e sëmundjes, iu prenë shpresat për të shpëtuar nga ai proces kafshërimi. Mos o Zot, t'u shtohej këtyre mërzitjeve ndonjë shtatzëni aksidentale me të shoqen! Vriste mendjen, ku do të përfundonte mëzi i vogël. Ndaj tregohej i kujdesshëm.

E vetmja zgjidhje e egër dhe e afërt, me keq se shpëtimi, siç flitej për të gjithë banorët që jetonin në atë ish-spital, ishte që së shpejti t'i nxirrnin përsëri në rrugë. NË RRUGË për të MOS qenë MË KUAJ!

"Let things pass by"! Kënga e Xhorxh Harrisonit mbush apartamentin e zotit Xherri Mekintajer. Është ora nëntë e tridhjetë minuta e mbrëmjes. Qiraxhiut tim i ka vdekur e dashura, zonjusha Kristal. Sapo mora vesh lajmin e mora në telefon për t'i bërë një vizitë dhe ja, tani ndodhem i ulur në divanin ku rrinte zakonisht zonjusha Kristal. Nga muret më vështrojnë portretet e Bitëllsave, portreti i Xhon Lenon, i vdekur në moshën dyzetvjeçare, një vizatim i Elvis Preslit, një numër fotografish të zonjushës Kristal me Xherrin dhe miqtë e tij dhe ca dekorata e çmime që Xherri i mori kur ishte i ri dhe bënte pjesë në një grup karateje të Torontos.

Në korridor varet një flamur i stërmadh amerikan, i pistë, ndërsa mbi tavolinë një numër kartash në përmasat e kartave të bixhozit më ftojnë në ngrohtësinë e vargjeve për

Pavdekësinë, që vetë e ndjera zonjusha Kristal, zgjodhi për babain e saj zotin McGrath, kur ai ndërroi jetë në dhjetë janar të këtij viti.

Seç ndjej një sëmbim në zemër. Ndjehem keq e nuk flas dot, ndërsa sytë i kam të mbushur me lot. Nuk më besohet që ajo grua aq e keqe dhe e padurueshme ka vdekur. Si është e mundur që ka vdekur? Isha ditën e Enjte në ndërtesë, për të kontrolluar makinat larëse, nëse punonin. Më kujtohet si tani, afro tri ditë më parë, ndërsa hapja kutitë e grumbullimit të monedhave me çelësin sekret, zonjusha Kristal ulëriti me sa kishte në kokë.

"Mos bëj zhurmë!" Zonjusha Kristal më mori mua, pronarin e shtëpisë, për fqinjën zezake që jeton në katin të dytë, a ndoshta për zonjën Xhulia që jeton në katin e tretë. Kristal ishte rreth të pesëdhjetave dhe me zotin Xherri bashkëjetonin që prej pesë vjetësh. Afro dy vjet më parë kishte pësuar një aksident të rëndë automobilistik dhe që nga ajo kohë ishte gozhduar në shtrat e verbër dhe me dëmtime të shtyllës kurrizore. Megjithëse shtatlartë dhe e bëshme, zonjusha Kristal i dorëzohej fare kollaj goditjeve në zemër, aq sa edhe problemi më i vogël e përplaste, ku të mundte, në dysheme, në banjo, apo në krevat, kudo që të ndodhej. Zonjusha, megjithëse nuk duronte as mizën të fluturonte dhe të bënte zhurmë në ndërtesë, kur vinte fjala te muzika, e ngrinte zërin e magnetofonit gjer në kupë të qiellit. Familja zezake e katit të dytë shpesh më ishte ankuar për këtë zakon të zonjushës Kristal, aq sa një ditë ata vendosën të iknin nga apartamenti. Zonjusha i kishte quajtur "niger" dhe kishte derdhur mbi ta një lumë të sharash. Vërejtjes sime zonjusha grindavece ju përgjigj thjesht me një mbyllje të pa edukatë të telefonit. Më kishte hapur aq shumë telashe me qiraxhinjtë e tjerë. Policia kishte ardhur mbi pesë herë në ndërtesën time për t'u ankuar për zhurmën që bëhej nga muzika, por ajo, zonjusha e verbër Kristal, vazhdonte ta ngrinte zërin e magnetofonit shumë lart, për qejf të Xhorxh Harrisonit dhe inatin e fqinjëve. Pas asaj mbylljeje të menjëhershme telefoni, zonjusha plakë më la dy herë mesazhe, kur kërkonte falje, por unë i nevrikosur nuk denjova t'i ktheja përgjigje. Tani, pikërisht për këtë ndiej dhimbje në zemër! Ajo ka vdekur!

"Xherri! Ajo më kërkoi falje dy herë, por unë nuk ia ngrita telefonin! A e di? Të njëjtën ditë që vdiq, isha në dhomën tharëse dhe kontrollova makinat larëse. E dëgjova tek më shante. Më mori për banorët e katit të dytë apo të tretë," them unë. "Falënderoj Zotin që përmbajta zemërimin dhe nuk ia ktheva përgjigjen që meritonte dhe që e kisha në majë të gjuhës."

Nuk më besohet. Ngrihem në këmbë dhe me lejen e Xherrit bëj një shëtitje nëpër dhoma. Ja krevati dopio ku flinte gjithë ditën e ditës zonjusha Kristal. Banjoja e saporregulluar nga unë, vaska akull e re, ku lahej, karroca ku ulej dhe me të cilën shëtiste nëpër dhoma, taketuket e mbushura ende me bishta cigaresh.

"Let things pass by". Kjo është kënga më e pëlqyeshme e Kristalit," – thotë Xherri dhe më nxjerr një zarf të stërmadh të shërbimit funeral "After Care", e më numëron faturat.

"250$ pagova për shërbimin. 295$ për kutinë ku do të fute hiri i saj. 75$ pagova për kartat e lutjes, që do t'jua jap njerëzve me këtë poezi për pavdekësinë, që vetë Kristal zgjodhi për babanë e saj kur vdiq para katër muajsh. 180$ pagova transportin. 45$ dokumentet. 125$ për kishën. Eh, kush i numëron, mbi 2000 dollarë tërhoqa nga llogaria për të mbuluar shpenzimet dhe ja, për pak rrezikova të paguaja qiranë, ndaj të mora në telefon, që ta depozitoje çekun e qerasë me vonesë që të mos kishe probleme."

Syri më kap dy kuti të drunjta në ngjyrën e ullirit, të vendosura mbi një dollap të vogël. Xherri kap vështrimin tim dhe ngrihet në këmbë duke u lëkundur.

"Në këtë kuti, ndodhet hiri i babait të Kristal. Ishte ushtar i ushtrisë kanadeze në Francë. I shpëtoi skuadrës gjermane të pushkatimit në qershor të vitit 1944 në Xhunobeach dhe i vrau të gjithë gjermanët e asaj skuadre. E kishte lënë amanet që hiri t'i hidhej atje, por unë e kam akoma këtu në këtë kuti. Kutia tjetër është hiri i nënës së saj, zonjës Mcgrath, e cila vdiq dhjetë vjet më parë. U martua dy herë dhe bëri pesë fëmijë."

Prek kutitë. Hiri i të vdekurve në të dy kutizat. Mbajtur mbi dollap! Në shtëpi! Së shpejti zotit Xherri do t'i bëhen tre kuti!

"Policia erdhi dhe më mori në pyetje. U tregova të gjitha hollësitë. Kur erdha në orën nëntë e tridhjetë të mbrëmjes dhe e putha lehtë në faqe, ishte ende e ngrohtë. Nuk e kuptova që kishte vdekur. Për një orë e gjysmë hëngra darkën, dëgjova muzikë dhe pashë televizor. Kur vajta në shtrat dhe e shtyva pakëz, ajo m'u duk e ftohtë. E kuptova që kishte vdekur."

Xherri hap frigoriferin e nxjerr një shishe birrë! Më zgjat edhe mua një shishe, por unë nuk pranoj! I rrah shpatullat Xherrit dhembshurisht.

"Kjo këngë është amaneti i Kristalit. Edhe kjo poezi për pavdekësinë është amaneti i saj."

"Ende nuk më besohet se ka vdekur," belbëzoj unë.

Xherri lexon me zë të lartë në anglisht poezinë mbi njëqind kartat e bixhozit:

"Do not stand at my grave and weep.

I am not there. I do not sleep,

I am a thousand winds that blow,

I am the diamond glints on snow,

I am the sunlight on ripened grain,

I am the gentle autumn rain.

When you awake in the morning's hush,

I am the swift unflinging rush

Of quiet birds in circling flight.

I am the soft star shine at night

Do not stand at my grave and cry.

I am not there. I did not die."

Në anën tjetër të kartës është figura e Jezu Krishtit me kokën të rrethuar nga një aureolë drite. Vështrimi i Jezu Krishtit është ngulur diku lart në hapësirë. Ndjej ftohtë. Në oborrin e ndërtesës vërej një duzinë lulesh të këputura. Për të mbjellë këto lule pagova pesëdhjetë dollarë, por ketrat nuk pyesin për çmimin. Ata hanë gjithçka.

"Ishte grua e shkëlqyer. A e di se ç'më tha një herë?: 'Asnjëherë nuk kam dashur të martohem, por me ty Xherri mund të martohem një ditë. Me ty, burri im i vockël!'" Dalloj një pikëz loti në sytë e Xherrit. Përlotem edhe unë. Më duket sikur dëgjoj zërin e saj tek më përshëndet. Si është e mundur që ka vdekur ajo grua aq grindavece, por e dashur? I hipi makinës. Befas bie celulari.

"Alo! Të falënderoj që erdhët për vdekjen e saj!" Është zëri i Xherit. Ndjej dridhje të forta në trup. Të rrëqethurat më ngrenë përpjetë qimet e kokës.

"Nuk ka pse të më falënderosh! E ndjeva, pa erdha!" – them unë. Nata është e bukur! Një gjysmë hëne më rri mbi krye. Nga pas më ndjekin duke u shuar tingujt e muzikës së Xhorxh Harrisonit.

Zoti Frank Krieger është klienti më i rregullt. Vjen rregullisht tre herë në javë dhe porosit të njëjtin ushqim: "Fusilli Primavera", të shoqëruar me një gotë verë "Chianti". Është mbi një metër e nëntëdhjetë i gjatë. Fytyra e mbushur me rrudha të jep përshtypjen e një burri, që sapo ka kapërcyer të gjashtëdhjetë vjetët. Është pak kurrizdalë dhe shumë i imët, aq i imët sa mund t'i numërosh kockat. Sytë i ka përherë të skuqur. Poshtë kapakëve të syve i varen dy qeska lëkure të vrenjtura. Mënyra se si e mbërthen gotën e kristaltë, më bën të besoj se zotin Krieger e bren një shqetësim i madh.

Ndoshta krejtësisht seksual. Dru i harruar nga vdekja. Mosha. Koha. Më vjen ta përqesh, ta tall, kur vërej, sesi ua hedh me ngul sytë sisëve të forta të kamerieres.

"Monte Carlo" nuk ka vetëm ushqim të mirë. Ka edhe kameriere seksi," thotë zoti Frank Krieger, ndërsa ma bën me shenjë t'i mbush edhe një gotë tjetër me verë. Nuk e di pse vërejtja e tij më bën të skuqem. Në moshë kaq të vjetër dhe e ka mendjen për seks. Përpiqem të lexoj diçka përmes atyre rrudhave, për të marrë vesh diçka rreth jetës së tij private. Është beqar?

Nëse është beqar, pse? Zoti Krieger nis rrëfimin e tij personal pa m'i hedhur sytë. Shikon diku në hapësirë. Turbull.

Jam ndarë nga gruaja dhe nga fëmijët afro dhjetë vjet më parë. Vajzën e madhe e kam në universitet. Djalin avokat. Rrallë flas me ta. Unë për ta pothuajse nuk ekzistoj. E kam humbur familjen përgjithmonë, ndaj përpiqem ta blej nga pak, ku të mundem, edhe mes shalëve të një prostitute. Jam një lloj vampiri i etur për dashuri dhe verë. Meqë ra fjala. Sapo zbrita nga kati i dytë. Pagova vetëm njëqind dollarë dhe bëra qejf me gruan më të bukur të qendrës së Mesazhit.

Ishte një ruse rreth të dyzetave. Aq e bukur sa t'i këpusje kokën.

Mua ma do vendi i punës që të bisedoj me klientët. T'i bëj të rrëfejnë sekretet e tyre.

Nuk kalojnë tre ditë dhe zoti Frank Krieger vjen sërisht. Eshtë po ai plak me flokët rrëmujë. E ngacmoj për qendrën e Masazhit., ku bëhet masazh dhe seks, kundrejt një shume prej njëqind dollarësh. Ka qenë përsëri atje. Këtë radhë ka bërë seks me një rumune. Rreth të tridhjetave. Nuk ndjehem mirë, kur më flet për të.

Rumunen e bukur e njoh! Kalon shpesh në anën tjetër të rrugës. Nuk e di ç'e ka shtyrë atë grua të ngjitet në katin e dytë, në qendrën e Masazhit. Ndoshta nevoja e ngutshme për para. E lë rumunen në hallin e saj e zhytem sërisht në ritualin e përzishëm javor të këtij njeriu, për të zbuluar diçka. Eshtë vërtet jashtëtokësor? Një i vdekur i harruar mbi trotuar? Apo një njeri i zakonshëm i shndërruar në monstër nga hiçi, kotësia e ditës dhe mungesa e familjes? Kaloj në mendje detajet e thjeshta: Makarona të gatuara "alla italiana". Një shishe vere italiane. Dhe një grua e Evropës Lindore, që të jep gjithçka kundrejt një pagese. Duket se plaku i vetmuar ka aq shumë para, sa nuk e di se çfarë të bëjë me to. Në ditët e fundit të pleqërisë i është kushtuar tërësisht dëfrimit.

E shtunë pas mesnate! Zoti Frank Krieger është përsëri klient në "Monte Carlo". Kthen një gotë vere me fund. Është i lumtur dhe sytë i shkëlqejnë. Gjallëria e tij më duket e pazakontë. Diçka duhet të ketë ndodhur. I tregoj me shenjë tavanin.

"Hë, ç'thotë kati i dytë? Ke shkuar prapë atje?!" e pyes.

Zoti Krieger mohon me kokë. Qesh. Kërkon t'i mbush edhe një gotë tjetër me verë.

"Nuk shkoj më atje. Kam gjetur një të dashur. Një njëzetvjeçare! Nga Shqipëria!"

Sytë me erren, por nuk e jap veten. Ai më përmend emrin e Valbonës, studentes së Universitetit të Yorkut në Toronto. Valbona punon disa orë në javë në një lokal, në krahun tjetër të rrugës. Shkëmbej nganjëherë një "mirëmëngjes" dhe një "mirëmbrëma" me të. Është një vajzë e urtë nga natyra. Shtatmesatare dhe me sy të gjelbër. Më duket një çmenduri! Krejtësisht e pabesueshme, që zoti Krieger t'i ketë propozuar një vajze dyzet vjet më të vogël në moshë dhe aq inteligjente, sa Valbona. Zoti Grieger më përsërit disa fjalë shqip si "të dua", "zemër", "të puth", ndërsa mua më rrotullohet tavani sipër kokës sime. Nuk dua ta besoj!

Nuk është e mundur! Duhet të jetë ndonjë keqkuptim! Plakushi i mbytur në para duhet të ketë parë ndonjë ëndërr të bukur dhe vjen e ma tregon si për një të vërtetë. Bëhem keq! Nuk e dua veten! Filloj e flas përçart, me zë të lartë, aq sa më dëgjojnë kolegët.

"Ndoshta i është qepur pas! Ka hyrë në bisedë dhe ja, tani më mbush mendjen se e ka të dashur!", ngushëlloj veten time. Unë jo se kam rënë në dashuri me Valbonën, jo se jam xheloz, por nuk më lë ajo krenaria e sëmurë për racën e pastër dhe fisnike shqiptare. Më duket ireale, që një bukuroshe shqiptare, së cilës nuk i mungon asgjë, as letrat e emigracionit, as bukuria, as klasa shoqërore, të përfundojë kaq poshtë!! Ajo fare mirë mund të ketë një të dashur kanadez, në moshën e saj, në moshë të përafërt dhe jo një top sheqeri, një plakush të krimbur në para. Hyj në dyluftim imagjinar me vetveten, në një betejë të ndyrë morali.

"Nuk ka moral dhe nuk ka nder aty ku nuk ekziston familja! Ndoshta Valbonës i mungon familja, ndaj ka marrë një vendim ekstrem!" Përsiatjet e mia nuk kanë fund! Dorëzohem për pak e jepem pas gjërave të parëndësishme të ditës.

***

Mëngjes! Diell i bukur korriku! Përballë meje. ajo! Valbona! Blen diçka dhe më pyet, nëse kam folur me familjen në Shqipëri. Hedh sytë përjashta. Frank Krieger pret për të, i ulur në patio! Nuk them asgjë! Ndjek me shikim Valbonën, atë vajzë të bukur, që i fut krahun plakut dhe largohen. Po çfarë i ka pëlqyer atij plaku, xhanëm? Pështyma më thahet në fyt. Qenka e vërtetë.

"Sugar daddy", ka zënë për të dashur një vajzë, që mund të ishte dy herë e bija për nga mosha.

Kthej një gotë verë! Mbuloj fytyrën me duar, por ajo figurinë e mallkuar më futet përmes gishtave. Shtrëngoj kapakët e syve. Nis të besoj se ajo shëmbëlltyrë më është larguar nga pamja. Befas dëgjoj një zë! Kumbues! Të gjithëpushtetshëm!. Që vjen nga hapësira!

"Unë jam babai prej sheqeri. Mund të blej gjithçka".
Rrëmbej thikën më të madhe të kuzhinës dhe e ngul në
tavolinë! "Sugar daddy". Sugar. Helm i bardhë, i pirë nga
zbrazëtia! Një jetë e shkuar dëm. Gjithçka më vjen rrotull.
Ndiej mungesën e peshës. Më duket vetja një send pa shpirt
mbi sipërfaqen e planetit Mars. Përpiqem të gjej një shpjegim
në vendimin e Valbonës.

Dikur, diku, afro pesë ditë më parë, më bëri përshtypje
një vurratë e zezë në fytyrën e saj. Ndoshta nuk i kishte mirë
punët në familje! Ndoshta e trajtonin shumë keq, aq sa e
godisnin si kafshë në fytyrë! Ndoshta kishte nevojë të
tmerrshme për paratë, për të paguar studimet. Ndoshta i
mungonte ajo ngrohtësi njerëzore në shtëpi, për të cilën secili
nga ne ka aq shumë nevojë dhe papritur po rrëshqiste me
shpejtësi në humnerë! Ndoshta.. asgjë nuk ishte e vërtetë, ose
pak nga të gjitha përbënin të vërtetën! Ndoshta me atë vendim
të tmerrshëm, ajo po na thoshte të gjithëve, ne, djemve

shqiptarë: "Ju urrej! Ju nuk jeni të denjë për mua, sepse asnjëherë nuk keni qenë të denjë për respekt. Më keni parë vetëm si një ornament me emrin "nder"! Kjo është sfida ime! Me trupin tim, unë bëj çfarë të dua! Dhe këtë e bëj, për t'ju hedhur poshtë të gjithëve Ju, njerëzve që shisni moral, por që jeni krejtësisht pa nder!"

Mbyll veshët! Fajin e kam vetë unë, që nuk e kam dashuruar. Dhe jo "Sugar daddy"! Ky plak trupmadh dhe shpirtvogël. Tani gjithçka ka marrë fund. Ai e ka blerë, ashtu siç blinte përditë në restorant një gotë me verë! Nuk ka asnjë sekret! As një fuqi të mbinatyrshme që vinte nga përtej vdekjes në formën e një vampiri. Ai nuk është drakula, princi i fatkeq nga Transilvania! Sugar Daddy ishte vetëm një kalimtar fatlum, që po përfitonte me pa të drejtë mbi trupin e një vajzë që kërkonte hakmarrje!

"E ndërtuam shtëpinë brenda një viti. Dykatëshe, katër dhoma e një banjo në secilin kat. E rrethuam me mur tulle dy metra të lartë, që të mos na hynin vjedhësit. Korrent dhe ujë kishim në të njëzetekatër orët e ditës. Në shtëpi nuk na mungonte asgjë. Kisha punuar disa vjet në ndërtim në Greqi dhe Itali, kështu që paratë për meremetime, nuk ishin problem. Kur u ktheva në Shqipëri hapa një restorant të vogël në qytetin tim të lindjes, ne Krujë. Atje fillova punë edhe si polic tatimor. Kishte raste që nuk kthehesha në shtëpi në mbrëmje, ngaqë më duhej të kryeja shërbimin. Pas pune kthehesha shpesh në restorant për të parë si shkonin shitjet.

Ermira filloi të bëhej xheloze. Kur vija në shtëpinë që kishim në rrethinat e kryeqytetit, më mundonte me njëqind pyetje të kota, aq sa ma plaste shpirtin. Më pyeste se ku kisha qenë dhe pse nuk isha kthyer në shtëpi. Këto skena grindjesh i kaloja lehtë, duke qeshur. Kurrë nuk e kisha menduar se ime shoqe do të vuante aq shumë nga xhelozia e sëmurë. Për ta harruar sadopak këtë gjendje, përpiqesha të zhytesha në punët e ditës. Isha aq shumë i zënë, sa nuk kisha kohë të merresha me dyshimet e saj bajate. Ermira kishte një farë të drejte të shqetësohej, kur unë nuk kthehesha në mbrëmje, por shtëpinë e kisha të siguruar. Që nga dita kur në shtëpi na u futën dy hajdutë, e ngrita murin edhe dy pëllëmbë më lart. Më pas e mbulova me tela me gjemba dhe me copa xhamash.

Këtu në rrethinë të Tiranës, jeta rrjedh ndryshe nga ajo e kryeqytetit. Të gjithë fqinjët janë të ardhur nga fshatrat më të largëta të Shqipërisë. Bashkë me plaçkat kanë sjellë edhe mentalitetin e tyre. Dy fëmijët i kam të vegjël dhe nënën shumë plakë. Ikja me ditë të tëra në shërbim. Edhe atë pak kohë që më mbetej, e kaloja në restorant. E ndjeja shumë mungesën e familjes, por jo aq sa Ermira, që mbërthehej nga paniku.

Kur na u futën ata dy vjedhësit në shtëpi, vendosa njëherë e mirë, që në jetën tonë të ndryshonte diçka për mirë. Nuk doja që në asnjë mënyrë t'u ndodhte ndonjë gjë e rrezikshme. Bleva një pushkë gjysmë automatike model 56 e me të fillova t'i jepja time shoqeje mësime qitjeje. Lashë në shtëpi edhe një karikator me fishekë, që ajo ta kishte për çdo rast…."

Gentiani fshin lotët me pëllëmbën e dorës dhe më fton të futem në dhomën e miqve. Disa gra fshatare me shami të bardha në kokë, janë mbledhur përreth trupit të një gruaje të re të shtrirë pa jetë në mes të dhomës. Dy fëmijët e vegjël nuk ndodhen në shtëpi. Janë për vizitë në fshat, te daja i tyre. Bën shumë nxehtë e mua më pihet pak ujë. Në mur buzëqesh ajo, fotografia e Ermirës, kur u bë nuse. Futem në dhomën e burrave dhe ndez një cigare. Dal në oborr e marr frymë thellë,

144

si për të ndaluar atë djegie të brendshme në thellësi të stomakut.

"Në fillim i mësova pjesët përbërëse të pushkës. U ndala në hollësi, me ditë të tëra në shpjegimin e vijës së shënjimit. I mësova se çfarë roli luante shqekëza, si zbërthehej dhe mbërthehej pushka. Si vajosej, ku duhej ta ruante dhe si ta vinte në siguresë. Ermira nuk kishte kapur ndonjëherë në jetën e saj pushkë me dorë, por vura re se mësimi i armës po i hynte në qejf. I shkëlqenin sytë, kur një ditë bëmë qitje në fushë dhe ajo shënjoi me një plumb të vetëm një kokërr molle. Mbajtja e një arme në shtëpi më jepte shpresë se krahët i kisha të sigurt dhe se familjes nuk do t'i ndodhte asgjë. Mendimi se kisha njëqind fishekë në shtëpi dhe një pushkë, më bënte të ndjehesha i qetë e të mos e ktheja kokën pas. Është për t'u çuditur, por mua më kujtohen ca detaje të vogla. Kur i shpjegoja funksionin e pjesëve të ndryshme të pushkës, Ermira bëhej gjithë sy e veshë dhe nuk donte, që t'i shpëtonte as edhe një grimë e vetme e informacionit. Një ditë i dallova në thellësi të syve një shkëlqim të egër, që i vinte nga thellësia e shpirtit të trazuar. Ajo flakëz ishte si një lloj vetëtime e egos së sëmurë, kryeneçësisë së një gruaje, që kërkonte ta mbyllte burrin e saj në kafazin martesor.

Ndjeva një lloj frike të panatyrshme, se ajo po më përdorte mua, armën time, për të realizuar një qëllim makabër, ekstrem. Këto dyshime kalimtare përpiqesha t'i shtypja në thellësi të qenies sime, sepse nuk kisha kohë të merresha me to dhe sepse, nga natyra jam i prirur për t'i parë gjërat në mënyrë positive."

Gentiani ndez një cigare tjetër. E ndez edhe unë. Tymi i duhanit ngjitet sipër kokave tona. Pres me ankth vazhdimin e kësaj historie të hidhur bashkëshortore. Flokët më janë ngritur gjëmbaçë përpjetë. Shoku im i shkollës më duket i dobësuar dhe i drobitur. Sytë i ka të kuq, ndërsa lëkurën të verdhë. Unë punoj si gazetar për gazetën "Albanian Herald." Lajmin për vrasje në këtë zonë e mora vesh nga komunikata ditore e policisë. Erdha me një frymë këtu dhe ende nuk dua ta besoj se gjëma i ka ndodhur pikërisht shokut tim të vjetër. Gruaja e tij, Ermira Dritan Vasili ka kryer vetëvrasje në orën dy e tridhjetë minuta të drekës së ditës së djeshme, 7 mars 2000. Kaq thotë komunikata policore. Të tjerat. m'i pohon miku im i vjetër.

"Dje, sapo hyra në shtëpi, rreth orës dy e pesëmbëdhjetë minuta të drekës, përshëndeta nënën që ishte në oborr dhe fillova të laja makinën me zorrën e ujit. Ime shoqe, e tërbuar si asnjëherë tjetër, më pyeti se ku kisha qenë gjithë natën. I thashë se kisha qenë me shërbim, por nuk më besoi. Më akuzoi se kisha qenë në restorant dhe kisha fjetur me kamerieren. Nga inati i thashë se "po", "kisha qenë". "Dhe kisha bërë qejf me të!" Ermira hyri në shtëpi, ndërsa unë vazhdova të laja makinën. Pas pesëmbëdhjetë minutash dëgjova një krismë të vetme pushke. Në fillim kujtova se krisi ndonjë xham, a u shpua ndonjë rrotë gome. Nëna ime del vrik përjashta dhe më thotë të ngjitem lart në katin e sipërm. Atje në katin e dytë, në dhomën tonë të gjumit, Ermira qëndronte ende e ulur në krevat, me tytën e pushkës të vënë poshtë mjekrës. Një vijë gjaku i rridhte nga kapaku i kokës, ndërsa sytë e hapur, të pajetë, po më bënin të besoja se kishte ndodhur diçka e tmerrshme. Ermira kishte mbështetur tytën poshtë mjekrës dhe kishte tërhequr këmbëzën."

***

Pastregimi:

"Gentian Vasili, biri i Teodor Vasilit, i datëlindjes 24 korrik të vitit 1966, u arrestua nga policia kriminale dhe u mbajt si i pandehur për gjashtë muaj në një nga qelitë e burgut 316. Pasi hetuesia nuk provoi asgjë, Gentiani u lirua nga burgu. Historia e mësipërme nuk u botua në gazetën "Albanian Herald", pasi mendova se informacioni ishte shumë delikat dhe përbënte rrezikshmëri për shokun tim të fëmijërisë."

Krejtësisht i çarmatosur qëndroja para atij lloji të çuditshëm pinguini gjigant. Me të dyja këmbët dhe me krahët e brishtë po rrihte një daulle. Sytë e manushaqtë të asaj qenieje po më shponin tejpërtej, teksa mbaja në duar një thes me kocka.

"Bum bubu, bum!"

Goja më ishte hapur instinktivisht e fryma pothuajse më ishte ndalur. Ndjeja se sipërfaqja e gjuhës më ishte çarë nga thatësira e në grykë më kishte ngecur pështyma, si një lloj lëmshi ngatërrimtar. Përpiqesha të merrja frymë, por zbrazëtia e gjoksit më digjte aq keq, si një lloj shkretëtirc. Papritur gishtat e djersitur lëshuan thesin e najlonit përtokë, ndërsa sytë vazhdonin të mbeteshin të gozhduar drejt atij mirazhi akullnajor, që fliste e i binte daulles, sikur të ishte një qenie e vërtetë njerëzore. Mirazhi vinte nga troje të ftohta, rrafshnalta akullnajash, ndërsa unë sapo isha kthyer nga Shqipëria. Kisha marrë një javë leje nga puna dhe isha nisur me një mision krejtësisht të veçantë: të sillja në Kanada kockat e babait. Nuk e di pse e ndërmora një veprim të tillë, që të zhvarrosja tim atë e ta sillja këtu pranë meje. Ndoshta nga frika se atje nuk kishte asnjë që të kujdesej për të.

***

E gjeta të mbuluar nga bari dhe ferrat! Fotografia e porcelanit ishte krisur, ndërsa pllakat e mermerit ia kishin shkulur. Diku, në një gazetë të përditshme më kishte bërë shumë përshtypje një lajm, se disa nga pllakat e varreve i ishin gjetur dikujt në shtëpi të shtruara si dysheme në nevojtore. Për gazetarin, nuk merrej vesh ku qëndronte çudia: te grabitja edhe e të vdekurve, te përdorimi i pllakave në një vend jo aq respektues ndaj të vdekurve, apo te varfëria e makutëria e të gjallëve? Kur e lexova atë lajm, volla gjithë ditën e gjithë natën vrer nga marazi dhe dhimbja, megjithëse nuk kisha ngrënë asgjë. Përfytyroja pllakat e mermerta që kishin mbuluar babain tim për një kohë të gjatë nën këmbët e atyre qenieve pa shpirt që shkonin të liroheshin në nevojtore e më dukej sikur vetë ndodhesha i shtrirë nën shapkat e pista që shkelnin mbi mua me indiferencë.

Herë pas here shkoja në banjo, fusja gishtat në grykë për të vjellë pa mbarim atë ndjenjë neverie të pashembullt, po dukej se nuk do të kisha shpëtim, derisa ai, pinguini dëgjohej që i binte daulles e ma largonte dëshirën për t'u lehtësuar nëpërmjet vjelljes. E dashura ime Silva përpiqej të më vinte në ndihmë, duke më freskuar me ujë, duke më përgatitur limonadë, e duke më fërkuar me gishtat e saj delikatë dhe të hollë, por dukej se nga ajo gjendje nuk do të kisha shërim. Ndjesia se po ndodhte e njëjta gjë me banesën e fundit të tim eti, më bënte nervoz e më paralizonte.

Ja ku jam tani. Me babain tim të futur në thes, para këtij pinguini gjigant që i bie daulles.

"Bum, bu, bum! Unë jam engjëll Israfil! Ky është fundi i botës!"

Fshiva sytë e lodhur me shpinën e djersitur të dorës. Mendova se duhej të isha në ëndërr. Varreza në Mount Pleasant ishte e mbuluar krejtësisht nga bora e ngrirë. Megjithëse ishte mars, copa akulli vazhdonin të binin nga qielli drejt e mbi kokën time e mbi supet e lodhura të varrmihësve, që hapnin ngathtësisht një gropë. Unë e si se ç'hoqa derisa e solla babain këtu, në këtë dhe të huaj, mes këtyre njerëzve që nuk i ka njohur kurrë. Të paktën tani do të kem mundësi ta shikoj një herë në javë e gjumin do ta bëj të qetë, pa pasur frikë se dikush do t'i shkulë pllakat e mermerta.

"Gabohesh,- tha papritur engjëlli Israfil. - Nuk është punë eshtrash kjo!"

U drodha. Flokët e ashpër e sterrë të zinj m'u gjembuan përpjetë nga emocionet. Padashur kisha anashkaluar një detaj tepër të rëndësishëm: e kisha ndarë tim atë nga gjyshi im që kishte mbetur atje në Shqipërinë e largët. I kisha ndarë nga njëri- tjetri pa menduar, jo se kisha më pak përkujdesje për gjyshin, varri i të cilit ndodhej dy metra më tutje nga varri i tim eti.

Më kujtohej gjyshi im i dashur teksa kollitej aq fort e pështynte në një sapllake, por më shumë rrëfimet e tij të gjata, ato përralla aq të bukura me Nastradinë dhe qerosë. Gjyshi më dhimbsej njësoj si babai, por mua më ishte krijuar përshtypja se ishte më pak i ekspozuar në sytë e keqbërësve dhe njerëzve të pandërgjegjshëm. Varri i gjyshit ishte shumë më i vjetër dhe i pambuluar nga pllakat e mermerit. Varri i të shkretit gjysh ishte pothuajse i fundosur në tokë e në krye i rrinte një dërrasë e shtrembër dhe e kalbur, e hirnosur nga shiu, era dhe dielli.

Dukej si i harruar, edhe nga keqbërësit. S'kishin se çfarë t'i bënin. Veçse të shkelnin pakujdesisht mbi dheun e plasaritur.

Me vdekjen e gjyshit isha mësuar. Kishte kohë që na kishte lënë dhe varri i tij ishte vjetëruar atje. Ndërsa babai më dukej ende i gjallë. I ri. Në pllakë i kishim vënë një fotografi nga koha kur ishte student në Bashkimin Sovjetik, foto e atyre ditëve, kur kishte rënë në dashuri me Valentinën e bukur nga Leningradi.

Pinguini i mëshoi më fort daulles, ndërsa unë pata kohë t'i ngulja sytë edhe një herë qiellit të asaj pasditeje të vranët. Thesi me kockat u mor nga varrmihësit. Krijova ndjesinë se diçka lëvizi brenda atij thesi, pastaj asgjë. U ktheva njëherësh për të marrë përgjigje nga engjëlli Israfil. Daullja e tij nuk po dëgjohej më, ndërsa vetë kisha mbetur i shtangur para atij varri me orë të tëra. As krrëkëllima e eshtrave në thes nuk dëgjohej më.

***

Që të kalojnë kontrabandë lloj-lloj mallrash, e kisha dëgjuar me qindra herë! Që njerëzit të kapërcejnë kufirin në mënyrë klandestine, edhe këtë e dëgjoj dhe lexoj përditë nga burime të ndryshme informative. Që të kalojnë edhe të vdekurit kontrabandë? Këtë e bëjnë vetëm rusët!

Igori është një djalë shtatlartë, me mustaqe e me flokë gështenjë. Është tip i mbyllur e nuk para hapet kollaj. Me të jam afruar, ngaqë gjatë pushimeve në punë shkëmbejmë ndonjë cigare. Sot është një ditë e zakonshme korriku, me një qiell të pastër dhe diell verbues. Igori, që e ka ndërruar emrin në "Jerry", thith fort cigaren e fillon të rrëfejë historinë e tij të veçantë. Sapo është kthyer nga Moska, qyteti i tij i dashur, të cilin e ka lënë 10 vjet më parë. Më dhuron një lugë të drunjtë në formë nepërke, që nëna e tij Olga e ka çuar enkas për mua e papritur fillon të rrëfejë sekretin e tij të rrallë.

"Solla babain! E varrosa në varrezat Mount Pleasant dje. Tani jam i qetë shpirtërisht dhe më duket sikur fluturoj!" thotë Igori.

Picërroj sytë me mosbesim dhe padashur më kujtohet që Igori vetë më kishte thënë se i ati i kishte vdekur nga një sëmundje para 15 vjetësh. Ai thith fort cigaren e, sikur ta kishte kuptuar se çfarë bluaja në mendje, vijoi më tej.

"E zhvarrosa dhe i dogja trupin në krematorium. Hirin e tij e futa në shishe dhe e solla në Kanada."

Kaploi një heshtje e rëndë! Dëgjohej vetëm dihatja e tij.

"Ata të emigracionit kanadez, nuk të pyetën se çfarë kishe në shishe?", e pyeta i hutuar.

"Jo! Edhe unë nuk kisha pse t'u thosha!" tha Igori.

"Po mirë, po ndonjë dokument kishe me vete? Si ta varrosën në Mount Pleasant?"

"Kisha vetëm çertifikatën e vdekjes. Me të, të përkthyer në anglisht, ma vendosën në një dritare në mur, brenda një ndërtese të varrezës," përfundoi historinë e tij të çuditshme Igori.

Mendjen ma kapluan qindra pyetje. Mezi përmbajta veten nga kureshtja.

"Nëna e pa shishen dhe më tha se nuk do që të rrijë së bashku me babanë. Gjatë 10 vjetëve të fundit të martesës nuk shkonin mirë," shpjegoi Igori, ndërsa unë vazhdoja të tymosja krejtësisht i hutuar. Më dukej sikur në retë e tymit dalloja buzëqeshjen që tretej të babait të Igorit, i ardhur kontrabandë në shishe.

***

E zhvarrosa babanë, ia dogja eshtrat dhe hirin e tyre e futa në një shishe. Tashmë e futa nën sqetull. Pastaj e vendosa në një valixhe, që bënte pjesë në bagazhin tim. Adresa e mbërritjes ishte ajo e Kanadasë, vendit për ku prej disa vjetësh kam emigruar. Babai, pas kaq kohësh heshtjeje prej të vdekuri, më foli që nga brenda shishes:

"Pse e bëre kështu, or bir?"

"Sepse më mungon shumë," i thashë.

"Vdekja nuk është mungesë," ma ktheu ai.

"Ndjehem i vetmuar. Nuk di me kë të flas. Tërë ditën jam i mbytur në punë, por mbrëmja në shtëpi më bëhet torturë. S'di si, me kë ta kaloj!"

"Ty të qenka rënduar jeta, or bir, por unë s'të ndihmoj dot. Ç'punë kanë të vdekurit me ju atje?!"

M'u drodhën leqet e këmbëve. Hiri i atij njeriu të dashur u shkërrmoq brenda shishes së qelqtë, si kokrrizat e rërës në bregun e tharë nga etja. I vdekur dhe i djegur, prej brenda qelqit, por e gjen mënyrën të bëhet i dëgjueshëm. Më këshillon. Më thotë fjalë të urta dashurie. Babai im prej hiri.

"Nuk dua të martohem, hë për hë. Më duhet të punoj edhe ca kohë. Ti nuk më le asnjë kacidhe, babush." I drejtova gishtin e akuzës, dhe pastaj, me mollëzën e gishtit fshikullova lehtë grykën e shishes.

"Duhej të më kishe pyetur, duhet të më kishe marrë leje, përpara se të më degdisje në Kanada. Atë grusht dhe, që më hodhe ditën e varrimit, atë po, kishe të drejtë ta merrje me vete atje ku ke shkuar, në fund të botës."

Për dheun e varrit të babait kisha menduar, ishte e lehtë ta merrja me vete, por nuk më mjaftonte. Hodha sytë në dritarezën e ngushtë të avionit të linjës Canadian Airline, përmes reve të pambukta. Bagazhet i vura disi larg vendit ku
160

isha unë, por zëri i tij jehonte prej andej dhe më mbante zgjuar.

"A më dëgjon ti, fëmijë i mbrapshtë?! Si më hodhe në zjarr?! Tani më ke ngritur fluturim në qiell, po ku janë shelgjet e Shkumbinit, s'po i shoh dot? Dhe era e fortë e Krastës më mungon. Ato pllaka mermeri, që im vëlla më vendosi në varr, do të më mungojnë, ashtu si të dielat kur motrat e mia vinin e më pastronin nga bari."

"Toronto është e bukur, do të të pëlqejë," e ngushëllova unë. "Dhe nuk të dërgoj në varrezat publike. Do të të mbaj në shtëpi. Kam një shtëpi të madhe, trekatëshe. Do të të çoj në Ekspozitën Kombëtare Kanadeze; pastaj në Safari, atje ku majmunët dhe luanët të bëhen miq të përhershëm. Do të të çoj në klubet më të mira të Torontos."

"Mbaje për vete Toronton, mua më kthe atje ku isha", u hakërrye ai. Por është prej hiri babai im, tashmë, dhe ata sytë e tij prush nuk janë më. Qetohet shpejt, urtohet, s'bëzan. Nuk është më kostumi blu. As duart e buta e të ngrohta. Babai u nda i ri nga jeta. Isha vetëm dhjetë vjeç, kur një hetues privat më erdhi në shkollën fillore ku mësoja dhe më tha se babai kishte vdekur. Nuk mbaj mend shumë gjëra. Tani që më erdhën në kujtesë gjithë këto grimca, kam frikë se babai do të jetë mërzitur brenda në shishe.

"Mos më mbaj inat, baba!"

"E ç'më ka mbetur tjetër mua po të mos mbaj inat? Gjer më dje kisha kocka! Kisha një varr! Ca lule rrotull kafkës. Tani më ke futur si pluhur harrimi në shishe. Më mirë ma hidh hirin në erë, që t'i kthehem natyrës."

"Po unë, emigranti, me kë të shkëmbej dy fjalë? Me muret?"

"Paske ndryshuar, biri im! Shikon vetëm interesat e tua!"

"Baba, mos të lutem," i them unë duke u dridhur i tëri.

Një stjuardesë bukuroshe më buzëqeshi ëmbël. Kishte dy sy të mrekullueshëm dhe një tufë flokësh biond, tmerrësisht të bukur. Më ofroi një shishe me verë të kuqe. Mbush gotën me kujdes dhe hodha sytë sërisht nga dritarja. Vegimi i babait nuk po më ndahej. U ngrita nga vendi dhe këmbët i mbajta në kthinën ku lejohej duhani.

"Paske filluar duhanin, ë? Po je vetë zot tani. Mua më fute në shishe dhe s'ma ke ndrojtjen! S'të them dot vafsh në ferr, por mezi ke për ta gjetur udhën e Zotit. Do humbësh rrugëve. Egoist dhe sedërli je, asgjë tjetër. Vetëm një i tillë merr përsipër t'i ndërrojë babait varrin, banesën e fundit. Oh, ç'paskam rritur, uh, se si do t'ia nxike jetën vetes".

"Baba, po e tepron!"

Jam bërë shumë nervoz, aq shumë sa po ta kisha në çantën e vogël që mbaja me vete, mund ta kisha hedhur shishen nga dritarja, por as këtë s'kisha për ta bërë. Babai është "baba" dhe unë e dua për vdekje, tmerrësisht pas vdekjes. E çfarë është vdekja veçse një cipëz citoplazmike, një krisje nervore, nga ajo që u ndodh shpesh të sëmurëve mendërisht, kur shtrohen për herë të parë në spital, të goditur rëndë nga trauma.

"Vazhdo, baba, a ke mallkime të tjera?!"

"Mos bëfsh prokopi!"

"He, he, he! Babai im i pafuqishëm!"

"Ngelsh rrugës për gjithë jetën!" këlthiti babai.

Nuk po më vinte mire t'i dëgjoja ato mallkime, por vazhdoja t'i buzëqeshja. Nuk e dija çfarë kisha pirë, që nuk më bënte përshtypje asgjë se çfarë më thoshte babai. Të bëhesha me të vërtetë ai që thoshte. *Mosmirënjohës, vrasës! Vrasës i tim eti!*

"Kush të vrau, baba? Më thuaj kush të vrau, që pastaj ta vras unë! Pa m'u dridhur qerpiku! Pa lot në faqe!"

E marr shishen në duar dhe e mbaj fort veten që të mos shpërthej në dënesë.

"Ti më vrave! E dija që nuk do të rrija dot dhe kreva vetëvrasje. Ti më shtyve të vras veten me duart e mia."

Nuk qaj! Nuk jam qaraman! Jam nga ata tipat që nuk u bën tërr syri nga të vdekurit.

"Tani më vrave për herë të dytë! Se më fute hirin në shishe dhe më solle këtu pa leje."

Shikoja veten në bankën e të akuzuarve. Isha po ai djali i imët, kokëqethur, me duart në pranga. Para meje ishte gjykatësi i ditës së fundit, me gërsheta fals e një zë burrëror.

"Baba, të lutem, qëndro në shishe!" ia ktheva i dëshpëruar. Më kishte prekur aq shumë në shpirt, sa nuk dija se çfarë të bëja. Një mendje më thoshte ta çliroja nga ai burg prej xhami. T'ia hiqja tapën shishes dhe hirin ta shpërndaja në ajër. Në atë lartësi tmerrore, përmes reve, atje ku e kishin shtratin engjëjt.

Epilog

Nuk e di sa kohë kisha që dremisja. Në krah kisha babain. Shikoja një ëndërr të bukur të përzier me kujtimet e fëmijërisë. E shikoja sesi më rrëmbente në krahët e tij e më hidhte hopla në ajër. Ja çasti kur më dhuroi një top futbolli, të cilin e shkelmova fort në hapësirë. Hapa sytë. Gjithçka ishte një histori që ishte shkruar pa ndodhur. Një ëndërr! Sapo isha kthyer nga Shqipëria. Atje i bëra një vizitë të shkurtër edhe babait në banesën e fundit. Do të ishte gënjeshtër të them se nuk e mendova atë mundësi: djegien dhe mbylljen në shishe. E ç'kishte më shumë ai rusi që e kishte bërë një gjë të tillë?!

Mbase më mirë që nuk e mora. Ndoshta se isha i dobët, i pavendosur, tjetër se justifikohem duke thënë se me babain e varrosur atje, kam se për kë të kthehem.

Tre vejushat janë veshur vetëm në të mbathura dhe sutjena të zeza e kanë formuar një kor mortor. Nuk e di se kur u kanë vdekur burrat. Duket sikur janë bërë bashkë në gjueti për burra dorëlëshuar a dashnorë kapriciozë. Nuk ua di emrat. Tiparet mezi ua dalloj. Ja shamitë e zeza hedhur mbi krye e të lidhura përzishëm rreth qafës. Fustanet e hollë u tregojnë klientëve të rastit format e rrumbullakëta të sisëve, kofshëve. Vishen! Zhvishen! Më ngjallin kaq shumë epsh! Të trija!

Ariel Arbana kishte ngulur sytë në makinën e lojës së fatit dhe nuk donte të besonte më. Në vijën horizontale kishin qëndruar pikërisht tre vejushat, tre figurinat trinjake, ndërsa zëri kompjuterik e lajmëronte se sapo kishte fituar pesëmbëdhjetë mijë dollarë! Ishte ngulur para asaj makine për afro shtatë orë rresht! Kishte ulur me tërsëllëmë levën e hekurt poshtë me qindra herë, i mbërthyer nga ankthi i tmerrshëm. Kishte shtypur butonat një dhe tre dollarësh si i marrë, por pa asnjë rezultat. Makina, ajo bishë e metaltë me dhëmbë figurative e shumëngjyrësh, i kishte gëlltitur të gjithë rrogën javore prej 800 dollarësh. Ishte ngritur disa herë nga karrigia dhe kishte tërhequr para nga banka pesë herë rresht. Në të gjitha rastet, tërheqjet ishin bërë në shuma maksimale prej 300 dollarësh.

Përreth qëndronin pezull retë e bardha të tymit të duhanit, por ai nuk i hiqte nga makina sytë e skuqur nga marazi dhe tërbimi. As që donte t'ia dinte per kamerieret e kazinosë që i afroheshin për t'i dhënë ndonjë pije falas. Sot fati i kishte trokitur në derë. Kishte fituar plot pesëmbëdhjetë mijë dollarë! Sa e sa herë kishte zënë kokën me duar dhe e kishte lënë Woodbine Casino i dëshpëruar në kulm, gati për t'ia plasur të qarit. Humori i ishte prishur kaq e kaq herë! Kishte rrezikuar të paguante qiranë e shtëpisë! Ndërsa sonte tre vejushat ishin bërë bashkë në një vijë horizontale në ekranin e kompjuterit. Dhe çmimi i të gjitha atyre sakrificave kishte qenë maksimal: pesëmbëdhjetë mijë dollarë. Një llampë sipër makinës filloi të ndizej dhe shuhej në mënyrë ritmike. Ajo llambë i ngjante llambës së Aladinit. Rrezatonte aq shumë dritë dhe shkëlqim. I marrosur filloi të puthë vejushat me radhë në buzë. Ato figurina, ato vizatime seksuale i kishin dhënë fitoren.Njëri nga punonjësit iu afrua i verbuar nga zilia. I nxorri një tufë bankënotash njëqind dollarëshe dhe filloi t'i numërojë me nge.

Kruajti kokën gjithë qejf e puliti sytë. Kishte mposhtur makinën. Atë robot pa ndjenja që villte pa kursim dollarët. Kujtoi për herë të parë Natashën, të dashurën e tij ukrainase, që e priste në shtëpi. "Do ta ketë zënë gjumi! Do t'i mbuloj trupin me kartëmonedha. Kur të zgjohet në mëngjes do të klithë nga gëzimi."

Përfytyroi kthimin në apartamentin e tij një dhomë e një kuzhinë, ku e priste ajo, Natasha leshverdhë. Rrasi shukat e parave thellë në xhepat e pantallonave, në katër xhepat e xhupit. Pjesën tjetër i futi ku mundi., madje edhe nën rripin e pantallonave. Pickoi fort veten, për të provuar, nëse ishte në ëndërr. Ndjeu dhembe. Jo, gjithçka ishte reale në përmasat e ëndrrës. Bëri të ngrihej, por këmbët nuk po e mbanin më. Ju duk sikur vejushat filluan të flisnin herë në kor, e herë të tjera ia merrnin nga goja fjalën njëra-tjetrës, si e si për ta bërë për vete.

"Unë jam e dashura jote! Këto të dyja janë shtriga! Shemra! Plakaruqe të ngrata që të gënjyen me fare pak gjë! Provo të lozësh prapë. Mund të fitosh një milion dollarë! Sonte mund të gdhihesh milioner!" i pëshpëriti në vesh vejusha e parë.

"Hiq dorë! Kthehu në shtëpi, përndryshe do t'i humbësh të gjitha! Të gjitha!" klithën dy vejushat e tjera.

Fërkoi i lodhur sytë! Trupi iu mbush me mornica. Ndoshta sonte dera e fatit ishte shqyer përfundimisht. Gjersa fitoi pesëmbëdhjetë mijë dollarë, mund të fitonte edhe një milionë. Një thes të tërë me bankënota qindëshe fringo të reja. U gëlltit i marrosur. Duart filluan t'i dridheshin. Ndjeu qimet e lëkurës t'i ashpërsoheshin vrullshëm nga emocionet dhe ankthi për fitore. Futi dorën në xhep. Do të lozte përsëri me tre vejushat, lojën e kukamçeftit të dashurisë. Vetëm për fitore.

Vejushat filluan të kërcenin lojën e tyre të vdekjes në atë vijë horizontale, që më shumë i ngjante një litari të nderuar në dy anët e greminës. Ah çfarë kërshërie, çfarë kënaqësie të ngjallte ajo luftë nervash. Makina filloi të gëlltisë një e nga një bankënotat e reja. Njëra vejushë qëndronte mbi litar për pak sekonda. Pas saj ca qershia, ca mbretër e mbretëresha, ndonjë ushtar i humbur dhe i parëndësishëm. Ora kaloi dy pas mesnate, por vejushat nuk po bëheshin më bashkë. Kishin humbur diku. Kishin marrë arratinë, ndërsa ai, gjuetari i përjetshëm ishte vënë në kërkim të tyre. Pa përsëri orën. Akrepi shënonte njëmbëdhjetë paradite. Lëpiu buzët e thara. Gurmazi i ishte çarë nga etja. Futi duart përsëri në xhepa, ashtu krejt instinktivisht. Vejushat shfaqeshin në ekran me ngërdheshje. Zhdukeshin pa lënë gjurmë. Riktheheshin. Të zhveshura! Vetëm në sutjena dhe brekë të zeza. Ndjeu ta brente një uri e tmerrshme seksuale. I ra xhamit me grusht. Fort! Por vejushat nuk bëheshin më bashkë. Kishte ardhur fundi! Nguli fort thonjtë në kafkën e lodhur. Vejushat nuk donin të jepeshin.

Hapi kuletën! Kishte humbur gjithçka. Mbylli sytë dhe bëri për nga dalja. Një ngashërim sa vinte e i rritej nga thellësia e ekzistencës. Hapi derën e makinës dhe u ngjesh në sedilje. Ndjeu lotët t'i shpërthenin krejt pa dashur. Sapo kishte humbur pesëmbëdhjetë mijë dollarët e fituar, si dhe qindra dollarë të tjerë të tërhequr nga llogaria bankare. Ulëriti gjer në kupë të qiellit. Ngriti sytë. Iu bë sikur vejushat u veshën prapë në të zeza e i qëndruan pa mëshirë mbi krye. Ktheu çelësin. Makina u ndez. Shkeli pedalin e gazit dhe u fut me nxitim në autostradën e 421-it.

"Kthehu! Luaj prapë!" këndoi vejusha e parë.

"Kthehu, i dashur, kthehu!" – ia ktheu vejusha e dytë.

"Më mirë hidhu nga maja më e lartë e grataçielës," paralajmëroi vejusha e tretë.

"Hm, të hidhem nga grataçiela," përsëriti me vete, ndërsa shkeli me sa fuqi kishte pedalin e gazit.

***

Të nesërmen gazetat më të mëdha të Torontos botonin një lajm prej jo më shumë se pesë rreshtash për një të ri shqiptar që ishte hedhur nga kati i tetëmbëdhjetë i një

ndërtese.

Miranda ishte një vajzë e bukur me flokë të zeza e sy ngjyrë ulliri. E mbaj mend si tani atë buzëqeshjen e saj të ëmbël, qerpikët e gjatë dhe të kthyer, që i puliteshin mbi faqet ngjyrë rozë. Kishte gjetur punë në Qipron Turke si rrobaqepëse, së bashku me njëzetedy vajza të tjera nga kryeqyteti. Nuk kaluan as gjashtë muaj dhe ajo, vajza e vetme e shtëpisë, kishte humbur jetën në Nikozia në rrethana misterioze. Fqinjët përflitnin se arkivoli në fakt ishte thjesht një arkë e drunjtë, e mbërthyer keq e keq dhe e mbushur me gurë.

Më ka lindur një dëshirë e egër që këtë histori ta çoj deri në fund. Dua të zbardh enigmën. Nuk jam polic. As gazetar. Jam një hetues privat, nga ata që paguhen me honorare. Kam hapur një Zyrë të Investiguesve Privatë dhe nënshkruaj kontrata të leverdishme, sa herë që i nevojitem dikujt. Jam përballë derës së blinduar të lyer me ngjyrë të zezë. Vështroj përmes syrit magjik për të kapur diçka. Kollarja më shtrëngon për dreq e kostumi më duket tejet i bollshëm. Në dorën e majtë shtrëngoj një çantë lëkure ngjyrë kafe, ndërsa me të djathtën trokas lehtë. Një grua plakë e veshur me të zeza më hap derën përgjysmë.

"Zonja Veliu? Jam Gentian Hormova, një hetues privat. Burri juaj, Albin Veliu, më mori në telefon sot në mëngjes për t'u marrë me këtë çështje."

Plaka më fton të futem brenda. Hedh vështrimin përreth. Në mure varen katër vizatime fantazmagorike me përshkrimin "Miranda". Hap përsëri bllokun. Informacioni im pothuajse mungon krejtësisht. Ishte njëzetenjë vjeçe. Më 19 mars të vitit 1999 niset me punë për në Qipron Veriore si rrobaqepëse. "Kthehet" e vdekur më 22 shtator 1999 në apartamentin e saj, në pallatin në formë unaze në Zogun e Zi, në kryeqytet. Linja ajrore Turkish Airline është e vetmja linjë, që të çon e sjell nga Qiproja Veriore. Ky vend i vogël artificial, i krijuar më 1974 nga ndërhyrja ushtarake e Turqisë në atë ishull, më ngacmon fantazinë. Përfytyroj rrugët e Nikozias, vijën ndarëse që ndan qytetin në dy etnitete: turke dhe greke. Mbyll sytë e përpiqem të përqëndrohem në atë fare pak informacion që zotëroj për këtë çështje mister.

Plaka më bën një kafe turke e më ngjesh në duar një tufë me letra. Është korrespodenca e Mirandës me të ëmën. I përpirë nga kureshtja nis t'i shfletoj një e nga një. Kjo kaligrafi e bukur më tërheq; më zhyt thellë në ato ditë të nxehta të ishullit të Qipros. Janë gjithsej nëntë letra. I kaloj rresht pas rreshti me kujdes. Informacion në dukje krejtësisht i parëndësishëm.

Më duhen emra njerëzish, vendesh. Më duhet të vendos një lidhje, një mënyrë komunikimi me atë mikrobotë që mori fund së bashku me Mirandën pesë vjet më parë.

"Kur folët me vajzën për herë të fundit?"

"Më 20 shtator 1999!"

Plakës i dridhen duart. Përpiqet të sjellë në mendje atë bisedë në telefon.

"A ju tha ndonjë gjë, që ju mbeti në mendje, si fjala vjen, a ju përmendi ndonjë emër djali? Me kë rrinte në dhomë? Në çfarë ore e mbaronte punën? Kush ishte eprori i saj më i afërt?"

Plaka shpërthen në lot. Nuk e di se çfarë të bëj. I marr ato duar të rrudhura në duart e mia dhe i puth ngadalë. E përfytyroj atë ditë ngjyrë gri, kur në këtë apartament të vogël një dhomë e një kuzhinë erdhi arkivoli i saj, i dritës së shtëpisë, vajzës që nuk është më. Një e rrënqethur e lehtë më përshkon shpatullat. Më duhet të qëndroj i ftohtë, i akullt, që të hetoj i qetë çështjen. Bëj çudi, pse nuk u krye autopsia. Pse nuk u hap arkivoli? Kush ishte i interesuar që kufoma, dëshmitari i fundit të mos flasë? Përse vdiq? Mos vallë vdiq nga ndonjë thikë në zemër? Mos i dhanë një gotë me helm? Ku fshihet vrasësi? Po çfarë bën ai tani?"

E përfytyroj me sytë e murrëtyer të hakmarrjes dhe të drejtësisë, ulur në njërën nga kafenetë turke të Nikozias. Në krah i rri një femër tjetër shqiptare. E shoh tek tymos dhe pi raki, tek rrëzohet përdhe i dehur. Shkund kokën. Nuk duhet të shoh ëndrra me sy hapur, por të kapem pas fakteve.

"Flinte në një apartament, që ndodhej në të njëjtën ndërtesë me rrobaqepësinë. Nuk mbaj mend të më ketë thënë ndonjë gjë që duhet ta mbaja mend", - thotë plaka me zë të dridhur. Shkruaj nxitimthi. Përfytyroj një shokun e saj të punës të ngjitet me Mirandën nëpër shkallë. Me sytë e imagjinatës e shikoj teksa e shtyn Mirandën me zor në apartamentin e saj me forcë. E ka kapur nga krahu dhe e shtrëngon fort, si me darë hekuri. Dëgjoj zëra të largët.

"Në zërin e saj ndjeva një lloj pasigurie dhe frike. Më tha se donte të kthehej. Se ishte e mërzitur. M'u bë sikur qau. Qava edhe unë. Pastaj telefoni u mbyll befasisht. Kam frikë se duhet të shkosh në Qipro. Por unë nuk kam para të tw paguaj udhëtimin. Jemi shumë të varfër. Jetojmë vetëm me pensionet që të dyja së bashku nuk bëjnë as 150 mijë lekë të vjetra. Nuk na del as për bukë e jo më të paguajmë hetues. Mjera unë, e mjera!"

Siguroj plakën se paratë e saj nuk më duhen. Mbase më duhet të shkoj në Qipro. Sa më shpejt. Të ndjek itinerarin e zi. Miranda Veliu ishte një fqinja ime. Një fqinjë e bukur, që më buzëqeshte sa herë që shkoja në mëngjes në punë. Mbase buzëqeshja e saj tmerrësisht e ëmbël më shtyn si motiv për ta çuar gjer në fund këtë çështje pezull, të parrahur asnjëherë më parë nga drejtësia dhe gazetarët. Jam i vetëm. Kam vetëm një laps, një bllok shënimesh dhe shpirtin tim romantik që nuk më lë rehat e më shtyn drejt rreziqeve të paparashikuara.

Shtrëngoj fort letrat e saj. Më duhet t'i studioj një e nga një. Rresht pas rreshti. Për të zbuluar një emër vendi, personazhi, a për të thurur një intrigë për ngjarjen.

Mbase duhet ta filloj nga më e thjeshta, nga diçka që e prek dhe e shoh: letrat e saj. Hap dosjen ngjyrë hiri, mbi të cilën kam shkruar vetëm një germë: "M". Hap letrën e parë. Dëgjoj një fëshfërimë fustani. Ndjej frymëmarrjen e saj. Ndoshta është truri im i lodhur. Arsenalit tim të armëve i kam shtuar një aparat modern fotografik, një videokamera xhepi dhe një kompjuter laptop. Sot bleva edhe një revolver të tipit TT, që ta kem në rast nevoje. Më kushtoi dyqind dollarë amerikanë. Është i mbajtur mirë, madjc i vajosur së fundi. Ulem para Macintoshit tim të vjetër dhe hap një dosje me emrin "Miranda". Gjithë paraditen e shpenzova në Spitalin Numër 2 të Tiranës, konkretisht me ekspertët mjeko-ligjorë të morgut. Duhet patjetër të hapet edhe një herë varri për të

182

kaluar një për një të gjitha eshtrat e brishta, që ndodhen në atë arkë të drunjtë. Një goditje ciflore në kafkë do të më ndihmonte shumë të krijoja hipotezën e një vrasjeje apo një rrëshqitjeje të befasishme. Mbase më duhet një leje e posaçme nga Prokuroria e Tiranës dhe Gjykata e Shkallës së Parë. Duhet parë, nëse ka vërtet eshtra dhe si mund të bëhet identifikimi i tyre. Mos vallë Miranda është gjallë, shëndoshë e mirë, diku me të dashurin e saj dhe të gjithë e dinë të vdekur, për kushedi se çfarë loje që mund të luhet me drejtësinë? Mos mbahet peng diku, për t'i shitur trupin e saj padronëve të seksit?

Shtrëngoj tëmthat. Të njëqind hipotezat ma sjellin kokën e lodhur vërdallë. Sa pikëpyetje ngre, po aq rrëzoj, i paaftë për të mbajtur një bosht timin, ku të përqwndroj hetimet, përpjekjet e mia prej fillestari. Nuk e kuptoj përse familja nuk e ka denoncuar rastin në gjykatë? Përse kjo dosje nuk është hapur për hetim? Kush i dërgoi të njëzetetre vajzat shqiptare në Qipron e Veriut? Ministria e Punës dhe e Përkrahjes Sociale? Zyra e Marrëdhënieve me Jashtë firmosi marrëveshjen e bashkëpunimit, apo dikush tjetër? Dhe përse të gjitha u zgjodhën vajza, pothuajse në të njëjtën moshë?

Futem në internet. Klikoj në "google.ca" dhe ja, ku gjendem në faqen elektronike të Qipros Veriore. "Hoshgeldiniz!" "Njatjeta!"

"Në këtë minirepublikë prej 3355 kilometra katrore dhe dyqind mijë banorë, gjysma e popullsisë është në moshën tridhjetë vjeçare. Gjysma e popullsisë, sipas burimeve zyrtare janë vetëm 30-vjeçarë. Në vitin 1992, në brigjet e këtij ishulli misterioz lëshuan vezët e tyre ekzaktësisht 1500 breshka uji." Lë mënjanë shifrat zyrtare të hedhura në internet e ngulem përsëri mbi letrat e Mirandës.

"E dashur mami! Sot mbërritëm në Qipron Turke. Në fillim shkuam në Ankara e që andej një avion i linjës Turkish Airline na solli në aeroportin Erkan të Girnesë, ose siç e
184

quajnë grekët, në aeroportin e Kirenias. Për çudi, ngaqë kishte stuhi, i kaluam disa orë në një aeroport ushtarak. Sapo mbërritëm në hotel "Simena" që ndodhet në perëndim të Girnesë, vendosa të të shkruaja këto dy rreshta. Mami, mos ki merak për mua. Këtu është shumë bukur. Mendoj se javën e ardhshme, të hënën, do të filloj punë. Këtu paguajnë me lira turke, por qarkullon edhe paundi anglez, si dhe euro. Të puth me mall. Herë tjetër do të të shkruaj më gjatë. Puthe babin për mua!"

Ndërpres për pak leximin. Hap frigoriferin dhe pi një gotë ujë me akull. Kjo kaligrafi e mrekullueshme më ngjall etje. Etje për lexim, ujë dhe seks. Përfytyroj buzëqeshjen e saj vrasëse. Kam përshtypjen se në skajin më të largët të apartamentit tim ndodhet dikush që përgjon të gjitha lëvizjet e mia. Regjistron gjithçka, të gjitha detajet e parëndësishme: uljet dhe ngritjet nga karrigia ime rrotulluese, flirtimi i gishtave me shishen e birrës "budweiser", hedhja ngandonjëherë e ndonjë vështrimi të beftë televizorit. Bie zilja e telefonit. Telefonin e kam në ngjyrë të zezë, ka të bashkangjitur një makinë të regjistrimit të mesazheve. Në një dritare plastike më tregon se nga cili numër i kanë rënë telefonit. Më marrin nga një kabinë telefonike në kryeqytet.

"Alo, zoti Gentian! Albin Veliu ju shqetëson."

Është babai i Mirandës. Kërkon të dijë se çfarë bisedova me ekspertin mjeko-ligjor. A duhet hapur varri dhe të bëhet edhe një herë ekspertiza?

I jap një përgjigje të thatë e zhytem përsëri në detin e pikëpyetjeve të mia. Të hapet një herë varri e pastaj të shkoj në Qipron Veriore? Po atje, çfarë të bëj? Të zë një hotel, të marr dhe një makinë me qira. Ah, një makinë me qira, "Opel Astra". Makinat në ishull e kanë timonin në krahun e djathtë si në Angli, e saktë?! Pastaj të marr ngadalë rrugën drejt rrobaqepësisë, ku punoi Miranda. Mbase jam me fat e takoj ndonjë shoqen e saj shqiptare a turke, nuk ka rëndësi. Do të pi kafe në kafenetë rrotull. Do të hiqem si turist kanadez, meqë kam pasaportë kanadeze, pa e treguar kombësinë time shqiptare. Mbase nuk duhet ta marr revolverin me vete, që të mos krijoj as dyshimin më të vogël, kur të kaloj doganën. Mjafton një aparat fotografik. Fo.to.gra.fi? Plaka e shtëpisë duhet të ketë patjetër ndonjë fotografi të së bijës, ku mund të ketë dalë me një shoqe të ngushtë, a me një shok?!

Fik të gjitha dritat e shtrihem përmbys. Fytyrën e kam ngjeshur fort mbi nënkrejsë e gati sa nuk shpërthej nga emocionet. Ndjej një dallgëzim të brishtë të ajrit, një zë që përhumbet në erë.

Është ajo, Miranda. Ka ardhur në dhomën time në formën e një vegimi të gënjeshtërt e kërkon të flasë.

Ngrihem në gjunjë mbi krevatin dopio, ku shpesh bie të fle i vetmuar. Nuk vuaj nga halucinacionet, nuk besoj në shfaqjen e fantazmave. Hap sytë i çakërdisur për të kuptuar diçka. Miranda është e veshur në një fustan të tejdukshëm nate. I dalloj trupin e bukur përmes asaj dallge mëndafshi. Kam frikë se jam i sëmurë nga nekrofilia. Më lind dëshira për të bërë seks me një vajzë të vdekur.

"Si të dukem? Ti gjithmonë më ke dashur. Ke dashur të bësh seks me mua, sa herë që shkoje në mëngjes në punë. Jam gati të ta plotësoj dëshirën tani, pas vdekjes!"

Më merret fryma. Jo, nuk jam djalë i ndershëm, që respekton ligjet e shoqërisë, moralin dhe edukatën. Duhet të kem pësuar ndonjë thyerje nervore diku, në cipën encefale. Këtë çrregullim duhet ta tregojë patjetër encefalograma.

"Përse nuk flet? A nuk është e vërtetë se doje të bëje dashuri me mua? Ti vdisje për mua, rrënqetheshe! Ja, ku më ke, në dhomën tënde. Vetëm për vetëm!"

Miranda më afrohet. Unë mbyll sytë. Ndjej të më lagen buzët, gusha! Është djersa ime e ankthit apo njomështia e qenies së saj?

"Kush të vrau? Pse? Prindërit kërkojnë një përgjigje", - them shpejt e shpejt.

"Kërko dhe gjeje! Kush kërkon, gjen!"

Vegimi i veshur në të bardha largohet. Ndez dritën. Më ka ikur gjumi i natës dhe më ka hyrë frika. Vishem nxitimthi. Më duhet të shkoj përsëri në shtëpinë e Mirandës, ku do të më presë një grua e veshur me të zeza. Një qyqe, një kukumjaçkë që qan nga hidhërimi dhe ligështia e botës. Atje duhet të ketë patjetër ndonjë fotografi, ku Miranda mund të ketë dalë me të njohurit e saj të rastësishëm, që mund të jenë personazhe kryesore a figurante në krim. Më duhet dhe një analizë ADN-je për kockat.

Jam krejtësisht pa mbështetje. Kam ndihmës dy pleq që nuk dinë asgjë rreth fatit të vajzës së tyre dhe një numër letrash, të shkruara shkurt dhe thatë. Nuk më mungojnë idetë, imagjinata. I shtyva të dy pleqtë të organizonin një ceremoni përkujtimore për Mirandën dhe ja, tani fotografoj të gjithë pjesëmarrësit në takim. Fytyra të zbehta, të mpira. Të kallura nga frika dhe duhani i fortë. Videokamera e xhepit regjistron gjithçka. Ja një vajzë kaçurrele që thotë se ka qenë me Mirandën në Qipron Veriore. Ndoshta ajo duhet të dijë diçka.

Ja varri i saj! Një varr i thjeshtë, me një pllakë guri në krye. Një fytyrë e ëmbël që më qesh që nga pllaka. Kam përshtypjen se zotëroj fuqi telekinetike për të lëvizur objektet në ajër me forcën e mendjes. Me valët elektromagnetike të trupit hap varrin ngadalë. Më shfaqet kafka e saj e goditur në pjesën e prapme. Afroj lupën dhe këqyr me kureshtje. I ngjan vërtet një goditjeje të shkaktuar nga ndonjë levë hekuri. Po përse vallë, përse?!

"Është e vërtetë! Më qëlluan me levë pas kokës! Rashë pa ndjenja mbi dysheme e aty mbeta, gjersa erdhi Vjollca nga turni i natës. Nuk e di se ku kërkon të dalësh? Kërkon të gjesh vrasësin? Më mirë kujdesu për kokën tënde. Ke rënë në sy dhe një ditë do të të vrasin!" – Është përsëri Miranda, hija e saj që nuk më ndahet. E lë për pak çaste vetëm atë dallgë ajri e i ngjitem pas vajzës me kaçurrela. Ajo duhet të jetë Vjollca.

"Më falni, ju keni qenë bashkë me Mirandën në Qipron Veriore? Më duhet të flas me ju patjetër!" Vajza me kaçurrela më vështron e frikësuar. I shpjegoj se jam një hetues privat i punësuar nga prindërit e Mirandës.

Vajza shpejton hapat dhe futet në makinën e saj "Toyota Corola", në ngjyrë të zezë. Hap derën dhe pa pyetur, ngjishem në sediljen e krahut të djathtë. Vjollca ndez makinën dhe vështron përpara.

"A kishte ndonjë të dashur, Miranda?", - pyes nxitimthi, por fjalët më treten në ajër.

Vajza duket se ka frikë. Ndalon makinën në anë të trotuarit e shpërthen në të qara. Ndjehem gushtë. I përkëdhel paksa flokët që i kanë rënë mbi ballë. Ajo e mbledh veten e nis të më rrëfejë, duke hedhur vështrimin diku, përmes xhamit të përparmë të makinës.

"Ishim të gjitha vajza. Kujtuam se gjetëm një zgjidhje për jetën. Gjetëm një punë si rrobaqepëse në Qipro, por gjithçka ishte gënjeshtër. Jeta na u bë skëterrë nga pronarët dhe menaxherët turq të rrobaqepësisë. Mirandës i binte në qafë një turk me emrin Rauf Ozal! Ai tipi ishte burrë i martuar. Kishte edhe tre fëmijë, por iu qep keq asaj. Miranda ia bënte të qartë se nuk donte të kishte lidhje dashurore me kolegët e punës, por ai nuk i ndahej. Raufi kishte një ves të keq që pinte shumë. Një ditë erdhi në dhomën tonë dhe shpërtheu derën. Iu sul Mirandës si i ndërkryer dhe kërkoi të bënte seks me të me forcë."

Vjollca ndërpret rrëfimin e saj nga ngashërimi.

192

"Ti? Ishe aty? Pe gjithçka? Atëherë çështja qenka e thjeshtë."

"Nuk isha aty, por e kisha parë Raufin të eglendisej pas saj. Miranda vetë më kishte thënë se ishte shumë e mërzitur, madje donte të kthehej në Shqipëri, që të shpëtonte nga Raufi, por ai nuk i ndahej. E shprehte hapur që i kishte rënë në kokë, që ishte i dhunshëm dhe pijanec. Kishim dëgjuar që kishte përdhunuar edhe tre vajza të tjera shqiptare. Pas vrasjes së Mirandës, Raufi u arrestua, por u lirua pas dy ditësh për mungesë provash. Kjo është historia!"

"Rauf Ozal! I martuar! Me tre fëmijë! Me banim në Qipron Veriore! Më duhet ta takoj këtë njeri në Qipro!" – mërmëris më vete, duke skërmitur dhëmbët. Vjollca më ngul sytë me dhembshuri. Më duket sikur vështrimi i saj më qorton për vendimin e marrë me shpejtësi. Më pëlqejnë sytë e saj sterrë të zinj si nata. Buzët që i dridhen nga emocionet, por unë kam një mision tjetër sonte. Më duhet të gjej vrasësin e

Mirandës, turkun Rauf Ozal. Me hir ose me pahir! T'ia vë revolverin në lule të ballit e ta shtrij përtokë të shembur nga grushtet e mi të fuqishëm. Ajo fytyrë vemje më jep forcë për të urryer dhe për ta çuar misionin deri në fund. Më lind një dëshirë e egër dhe e përbindshme për t'ia ngjeshur turinjve me sa më hanë krahët e ta plandos përdhe atë qenie seksuale që drejtohet nga instinktet më të egra. Po çfarë kujton ky Rauf Ozal, se Miranda ishte një njeri pa njeri dhe pa përkrahje?

"Zoti Rauf, ju keni nevojë për një mësim të rëndë, që nuk do ta harroni sa të keni jetën. Drejtësia po ringrihet nga varri për t'ju goditur ju."

Përshëndes Vjollcën dhe mbaj frymën në Agjencinë e parë të Udhëtimit, që më del përpara. Prenotoj biletën vajtje-ardhje për në Ankara. Do të kaloj disa ditë në Ankara e më pas do të vazhdoj itinerarin e zi në drejtim të Girnesë. Ndez cigaren! E thith tymin thellë! Befas më shfaqet përsëri ajo: Miranda Veliu e veshur në të bardha.

"Mos shko, të thashë! Do të të vrasin! Ata nuk kanë mëshirë! Janë një grup i tërë që merren me prostitucion," më thotë Miranda. "Më shumë se gjysma e vajzave shqiptare u përdhunuan. Askush nuk denjoi të merrej me ne…, askush. Ishim qenie të dobëta. Të pambrojtura. Të para me përçmim përreth, megjithëse kishim ardhur për të nxjerrë bukën e gojës në rrugë të ndershme. Zoti që është atje lart duhet të urdhërojë ndëshkimin e të godasë fajtorët. Po çfarë faji kishim bërë, që na trajtuan ashtu? Përse na shihnin vetëm si objekt për seks? E di, unë isha thjesht një vrimë seksuale! Nuk vleja për më shumë. Kur guxova dhe nuk ia realizova dëshirën asaj kafshe me fytyrë njeriu, atëherë më vranë. Ata ishin tre! Rauf Ozal, Hysein Olldun dhe Amir Salin. Këta të tre kishin bërë mend të më dënonin në mënyrë kolektive për kryeneçësinë time. Më përdhunuan të tre, me radhë, njëri pas tjetrit. E pastaj më goditën me levë në kokë dhe më lanë të vdekur." Fantazma e saj vazhdon të flasë, ndërsa sytë e mi përskuqen nga zemërimi i verbër. Më frikëson e vërteta e saj. Më rrënqeth si një korrent qindra mijëra voltësh. Ndoshta kam nevojë për pakëz pushim, që të shpëtoj nga shfaqja e mirazheve të rreme dhe biseda imagjinare me fantazmat. Për herë të parë ndjehem i lehtësuar disi. Tani hetimet e mia kanë ku mbështeten: Miranda është përdhunuar dhe vrarë nga Rauf Ozal. Këtij njeriu më duhet t'i vë prangat!

***

Hoteli "Ship Inn" ndodhet pak metra larg nga mali Besparmak. Prej tre ditësh ndodhem në Girne, në Qipron Veriore. Gjënë e parë që bëra, u regjistrova në klubin e Qitësve, ku është punësuar së fundi Rauf Ozal. Në duart e mia kam një pushkë të tipit "Hug' lu", më të cilën mund të bëj qitje. Emrin "Hug' lu" pushka ime e ka marrë nga një qytet pranë maleve Taurus.

Shoqëruesi im turk, vetë Rauf Ozal, më thotë se kasën e kësaj pushke e ka gdhendur artistikisht një plak 75-vjeçar. Kamil Namlu dhe Ahmet Teti ishin të parët që shpikën këtë lloj pushke. Punishten e parë të armëve ata e hapën në vitin 1924. Mbi 150 partnerë u bënë bashkë në vitin 1962 dhe krijuan fabrikën e prodhimit të kësaj arme. Në një hapësirë prej dhjetë mijë metra katrore prodhohen tridhjetë e pesë mijë armë të tilla në vit."

Zoti Ozal ka veshur një xhaketë ngjyrë jeshile, ka vënë një palë syze të zeza e në kokë një kapele shapkë. Kabina e qitjes përbëhet nga ca hunj të ngulur vertikalisht në tokë. Hapësira e detit të ngjeth të tërin. Portokalle, limonë, madje edhe banane, që mund t'i këputësh me dorë, të ndjellin një ndjesi paqeje. Kam përshtypjen se ky vend kaq i bukur mund të bëhet banesa ime e përhershme, e fundit, nëse tregoj një fije pasigurie. Gishtin e shtrëngoj në këmbëz, me vështrimin të hedhur larg, atje ku bashkohet deti dhe qielli, në vijën e rrumbullakët të horizontit.

"Pra, ju jeni Rauf Ozal. Përse e vrave Miranda Veliun?"

Grykën e pushkës të tipit "Hug'lu" ia kam drejtuar në ballë, ndërsa pres një përgjigje.

Burri trupgjatë, me një palë mustaqe të prera shkurt, më hedh një vështrim të mjegullt. Mërmërit nëpër dhëmbë ca fjalë turqisht, të cilat nuk arrij t'i kuptoj. Më vështron, sikur të jem ndonjë alien i zbritur nga hapësirat kozmike. Kujton se bëj shaka, por gryka e pushkës e kujton për një çast se e kam seriozisht.

"Si mund të akuzosh një njeri pa dalë në gjyq? Si mund ta dini që unë jam vrasësi?" thotë zoti Ozal. Fytyra i ka marrë një çehre të verdhë limoni. Duart i dridhen nga frika dhe tmerri.

Më pikojnë djersët çurkë. Më djegin sytë, por dorën nuk e ngre që t'i fshij. Një humbje sekonde mund të më kushtojë jetën. Me dorën tjetër hap kompjuterin tim laptop dhe i tregoj, se si ia kam skanuar shenjat e gishtave. Gjurmët e atyre gishtërinjve të gjatë përputhen me gjurmët e gishtave të lëna mbi levën vrasëse, që e gjeta të groposur jo shumë larg apartamentit, ku ndodhi krimi. Mjaftoi të mbyllja sytë për pak sekonda e ta gjeja me fuqinë shpërthyese të imagjinatës. Telekinezia si shkencë më hyri përsëri në punë. Jam nga të paktët investigues privatë në botë, që zotëroj një aftësi të tillë komunikimi. Për identifikimin e vrasësit m'u desh të kaloja në mikroskop një për një thonjtë e Mirandës. Në thonj gjeta dy fije floku të zi, që i përkisnin zotit Rauf Ozal. Provat shkresore dhe materiale do t'i paraqiten gjykatës. Drejtësinë nuk do ta vendos në mënyrë personale.

Ndjej një dallgë ajri të më përkëdhelë flokët. Një vetëtimë çan qiellin e kristaltë. Para meje shfaqet sërish ajo, rryma femërore e ajrit, e veshur në të bardha. Futet ngadalë në mes, duke qeshur. Gryka e pushkës sime shënon përmes gjoksit të saj. Kam përshtypjen se kam përballë vetë perëndinë e ajrit, Ariel.

"Nga e more vesh, që punoja këtu? Kush je dhe çfarë kërkon?" më pyet zoti Ozal, por unë ngul sytë në vegimin përballë. Rryma e pazakonshme e ajrit më fshikullon fytyrën. Janë duart e saj, që më shtyjnë butësisht.

"Mos e vrit! Ti nuk je vrasës," më thotë ajri i nxehtë dhe i lagësht. E vërtetë! Unë nuk jam vrasës. Nuk mund të bëhem dot i tillë, qoftë dhe në emër të drejtësisë. Është kaq e vështirë nganjëherë, që të ndryshosh, por mua më duhet që të ndryshoj. Të bëhem një vrasës, madje pa pagesë. Kam kaq shumë urrejtje në gjoks, për këtë dykëmbësh me fytyrë njeriu, që i ka shpëtuar drejtësisë, sa nuk di si ta përshkruaj. Njeriu mund të ndryshojë edhe në moshën time. Ajo plakë e veshur në të zeza, në pallatin në formë unaze në Zogun e Zi, në Tiranë, më jep forcë dhe zemër, që të vras për herë të parë një njeri. Në jetën time kam shtypur miza, kam therur pula dhe qengja, madje një herë jam përpjekur të ther një gjel deti. Isha dhjetë vjeç, kur me një thikë të pamprehur u përpoqa t'i këpus kokën, ndërsa e kisha vënë poshtë këmbëve të mia. Arrita t'ia këpusja kokën vetëm përgjysmë, pastaj gjeli i detit më shpëtoi nga duart. Ashtu, gjysmë i therur, gjeli im i Vitit të Ri, më iku nga duart e brodhi në të gjithë lagjen e Xhaxhurëve, në qytetin tim të lindjes, në Elbasan. Gjysmë i gjallë dhe gjysmë i therur ajo qenie frymore vuajti shumë, derisa dha shpirt. Atë Vit të Ri, nuk e shijova dot. Gjeli kokëprerë më doli në ëndërr për net të tëra.

Kam provuar të gënjej, por nuk gënjej dot bukur. Fytyra më tradhton se çfarë ndjej nga brenda. Shpesh tund kokën, si për t'u shkëputur nga mendimet e mia. Kreh zonën përreth me vështrim, krejtësisht i shpërqëndruar. Në të dhjetat e sekondës ndjej një dhembje në nofullën e majtë. Shikoj trupin tim të fluturojë në ajër, të plandoset përtokë e të zhytet në rërën e nxehtë. Shikoj zotin Ozal, tek më shkelmon kokën me shkelma, pa mëshirë. Takat e këpucëve të tij më shkelin rëndë mbi sy, mbi gojën e mbushur me gjak. Në ballë më djeg një grykë e nxehtë pushke.

"Ngordh tani! Më thuaj, kush ta tregoi adresën time? Kush të tha se ku punoja? Po çfarë prove ke se e kam vrarë unë?!" Zëri i zotit Rauf Ozal i ngjan një britme të egër dëshpërimi. Zvarritem me të gjitha fuqitë e mbetura drejt armës, por zoti Ozal më qëllon duart me një breshëri plumbash. Vërej gjakun të përthithet nga rëra e nxehtë e plazhit. Ndjej një shkumë të bardhë të më dalë nga goja. Kam ndjesinë se po vdes. Dallga e ajrit merr formën e njeriut. Mes meje dhe vrasësit tim, ka mbërritur vetë ajo, perëndia greke e ajrit, Ariel.

"Unë jam viktima dhe dëshmitarja, akuzuesja që ju akuzon për vrasje. Ishte mbrëmja e ditës së premte! Ora një e natës! Ti trokite në derën time. Unë nuk ta hapa, por ti e shqeve me forcë." Rryma e ajrit vazhdon të sjellë në veshët e mi copëza fjalësh. Nuk dëgjoj më. Është natë gjithandej. Mbretëron një heshtje e zezë. Nuk e di se ku ndodhem.

***

Epilog

Fërkoj sytë. Nuk jam hetues privat. Nuk kam qenë asnjëherë në Qipron Veriore. Nuk njoh asnjë Rauf Ozal. Të vetmin fakt të vërtetë, që më mundon shpirtin dhe më ha zemrën, kam fqinjën time të ardhur në arkivol pesë vjet më parë në Tiranë. Ju betohem, vë dorën në zjarr, për kokën time, që ajo vajzë erdhi në arkivol dhe që rreth kësaj çështje nuk kryhen hetime. Prindërit e saj janë fqinjët e mi, por ata nuk i njoh. Jam shumë larg dhe nuk kam mundësi t'i ndihmoj ata prindër të mjerë. Vetëm ata e dinë, se sa u mungon vajza e tyre e dashur, e vrarë barbarisht. Le të shërbejë ky rrëfim si një apel qytetar drejtuar shtetit shqiptar, për të hapur këtë dosje mister dhe për të vënë para drejtësisë fajtorët.

Kontaktin e parë me zonjën "B" e pata tre muaj më parë nëpërmjet telefonit. Kërkonte një apartament me qira, një e kuzhinë, për veten dhe djalin e saj trevjeçar. Zëri i saj tmerrësisht i ëmbël më bëri që të rrëqethem që në sekondat e para të asaj bisede të shkurtër. Kishte një tingëllimë thuajse gati të përvuajtur, joshës e gudulisës. Me imagjinatën time të ndezur mashkullore e përfytyrova si një grua shtatlartë, me një buzëqeshje plot dritë, flokë të verdhë e të derdhur, sy shpues që të ftonin në aventura.

Ja kam vënë vetes detyrë të mos krijoj lidhje dashurore në vendin e punës. Gjithnjë kam pasur përshtypjen se të biesh në dashuri me një kolegen apo fqinjën tënde është një mëkat, që nuk ndreqet kollaj. Ajo ndjenjë latente që më ngrohte trupin, ndoshta nuk ishte aspak dashuri, por thjesht shkëndijë e ndezur komunikimi ndërmjet një burri beqar dhe gjysmës tjetër të botës. Ajo forcë tërheqëse ishte pak a shumë e ngjashme me forcën e gravitetit, që na mban të lidhur me Tokën, diçka e natyrshme, e pashpjegueshme dhe e pashmangshme.

I dhashë shpejt e shpjet adresën, kryqëzimin kryesor të ndërtesës shumëkatëshe dhe numrin e zyrës. I përsërita disa herë se "kisha punë në zyrë gjithë ditën dhe se mund të vinte të më takonte në çdo kohë". Mbylla telefonin i kënaqur dhe pashë veten në pasqyrë krejtësisht triumfator. As që më shkonte në mendje, se gruaja e panjohur më kishte marrë në telefon nga kabina telefonike që ndodhej ndanë rrugës, afro pesëmbëdhjetë metra larg ndërtesës. Kruajta zërin, rregullova cullufet dhe u shtriqa në kolltukun e gjerë. Ngrita sytë. Para meje qëndronte pikërisht ajo fantazmë femërore, krejt ndryshe nga imagjinata. Lëkura e saj kishte një ngjyrë të bardhë verbuese. Duart aq delikate e të holla, si prej xhami që mund të thyheshin në çast. Vështrimi i saj më shpoi përtej kraharorit, aq sa po më merrte frymën. Për çudi në kokë mbante shami, që i rrinte pothuajse rrafsh me kapakun e kokës.

Një ndjenjë kureshtjeje e ankthi më shtynte që unë t'ia hiqja shaminë nga koka e t'i shihja ata flokë të. bukur. Gjysma e bukurisë së gruas janë flokët. Burri loz me flokët e gruas. I mban në duar, i puth me afsh, u merr erë në çast ekstaze.

Por gruaja e panjohur kishte të lidhur në kokë një shami shumëngjyrëshe dhe unë nuk guxova ta pyes se pse e mbante në kokë atë shami të mallkuar.

Gruaja filloi të mbushte formularin që i vura përpara, ndërsa unë me hamendësimet e mia e bëja herë myslimane, që mbante shami sepse kështu ia donte feja, herë një lloj femre "skinhead", tepër moderne, që qethej e vishej si t'i tekej, pa e vrarë mendjen shumë se çfarë mund të thoshin kureshtarët e botës. Gruaja mund të ishte rreth të njëzetepesave. Dy rrathë ngjyrë mavi i vijoseshin rreth syve. Buzët i fshihnin në mundim një trishtim të zbehtë. I dhashë apartamentin më të mirë, atë të katit të njëzetetretë. Nuk e di se çfarë më shtynte ta ndihmoja atë grua. Nuk i kërkova qiranë për muajin e fundit, madje i fala një televizor me ngjyra, si dhe i premtova se nuk do të kishte asnjë rritje qiraje, për sa kohë që do të jetonte atje. Që nga dita që e takova në zyrë, e shihja shumë rrallë, pothuajse dy-tri herë në muaj. E pashë një herë në ashensor. Ndodhesha fare pranë saj, aq sa munda t'i marr erë trupit të gjatë dhe të hollë. Ajo ktheu kokën anash e vetëm sa më buzëqeshi lehtas. Më kot prita të më thoshte diçka të ëmbël.

Një herë ma zuri syri tek kthehej pasdite nga puna. Kishte rënë një shi i madh dhe i dendur, përzier me breshër. Përmes xhamave të derës kryesore të hyrjes e pashë si hoqi shaminë nga koka dhe e shtrydhi fort. Koka lëkurëbardhë si një kafkë e vdekur më bëri të rrëqethem. Fillova t'i numëroj vijat kafkore, bashkimin e dhëmbëve kockore, të ngërthyer në njëri-tjetrin.

Ajo hartë kafkore më ftonte të ndiqja shtigje të panjohura. Më kallte mandatën. Asnjë rrënjë të vetme floku! Mos kishte kancer? Përfytyrova metastazat, ata gishtat e stërgjatë e monstruozë tek i ngërtheheshin në trup dhe i gllabëronin qelizat. Ndjeva një dhembje aq të madhe në zemër, sa pa dashur e preka miqësisht në sup. Sikur të kishte kancer, kjo do të ishte një gjë e tmerrshme. Ndoshta nuk kishte kancer, por diçka më të rëndë, më të dhunshme, një dhimbje shpirtërore që duhej treguar.

Ndoshta flokët i kishin rënë nga stresi i përditshëm, vështirësia për të mbijetuar në këtë botë të ftohtë e të zymtë, ku secili shikon hallin e vet dhe dorën për ndhmë nuk ta drejton askush.

U kollit rëndë. Nxora kokën dhe e ftova të pinte një kafe. E skuqur nga turpi, gruaja më ndoqi nga pas. Duart i dridheshin, ndërsa filloi të rrufiste kafenë.

U martova para dy vjetësh. Javët e para i kaluam shumë mirë. Burri kishte një punë të mirë. Kishte blerë edhe një shtëpi. Unë ngela shtatzënë dhe kohën më të madhe e kaloja në shtëpi. Gatuaja gjellë e laja rroba. Prisja burrin të kthehej nga puna pasditeve. Bënim një jetë normale dhe të gëzuar, si të gjitha çiftet e reja."

I mbusha përsëri filxhanin e kafesë dhe prita me ankth vazhdimin e historisë. Sytë i mbaja në sahatin e drunjtë të varur në mur. Ora katër e dyzetepesë minuta burri duhej të ishte në shtëpi. Kur dëgjova trokitjen e tij në derë, nuk kishte gjë më të gëzuar në jetën time të thjeshtë. Kërceja nga gëzimi dhe hapja derën. Një ditë ai u vonua shumë. Ora tetë e mbrëmjes dhe ai nuk kishte ardhur. Filloi të më dridhej zemra nga frika. Mendova se mund t'i kishte ndodhur ndonjë aksident me makinë. Në mendje më vinin njëqind ide të zymta. I mbaj mend të gjitha detajet e asaj mbrëmjeje të frikshme, që do të ishte vetëm e para. Më bëhej sikur televizori do të jepte ndonjë lajm me aksidente rrugore, ku kishte vdekur ai, burri im. Kur më lëshonte frika, më mbërthente xhelozia. Një xhelozi e egër, e verbër. Më bëhej sikur e shihja tim shoq në krahët e një tjetre. Ngrihesha nga krevati i ftohtë dhe përplasja dyert.

Gruaja rrufiti kafenë dhe heshti. Unë ia kisha ngulur sytë e me ankth prisja vazhdimin e historisë. Nuk arrija të kuptoja se, pse ajo grua e bukur më hapej pikërisht mua. Ndoshta ajo grua enigmë ndjente diçka të ngrohtë dhe dashamirëse tek unë, ndoshta kishte gjetur tek unë një mik të vërtetë për t'i besuar një sekret bashkëshortor. Nuk guxoja të flisja nga frika se mund ta ndërpriste nga çasti në çasti bisedën e jashtëzakonshme. Nuk doja që ajo të heshtte. Po vdisja nga kureshtja për të mësuar atë sekret të familjes, që rri i fshehur e nganjëherë vdes bashkë me ne, pa u treguar kurrë. I hodha përsëri kafe! Kafe taze, sterrë të zezë, Starbucks!

Ora ishte dymbëdhjetë e tridhjetë pas mesnate! Po bëhesha gati të lajmëroja policinë, kur dera u hap lehtë. Unë bëra sikur flija, ndërsa ai nuk u ndje. Shkoi në banjo dhe nuk bëri dush, që të mos bënte zhurmë. Madje, edhe kur urinoi, nuk e derdhi ujin. Hoqi rrobat ngadalë dhe u fut në krevat pranë meje. Unë, me sytë hapur, qaja; prisja të thoshte diçka. Nuk m'u durua dhe e pyeta. Burri m'u përgjigj me përtesë se kishte punuar jashtë orarit dhe se nuk kishte pasur kohë të më lajmëronte. E ndjeva që më gënjente hapur, po nuk kisha ç'të bëja. E ngushëlloja veten, se mund të ishte vetëm një rast. Ditët do të kalonin dhe shija e hidhu e asaj gënjeshtre do të harrohej. Të paktën kështu besoja.

Zonja "B" rrufiti sërish kafenë e kaloi gishtat e hollë mbi kokën e qethur zero. Sekretet e saj po më bënin kureshtar. Ndjeva një valë të nxehtë të më përshkonte duart, ndërsa në zemër një lloj sëmbimi, si kafshim nepërke. Mbylla pa dashur sytë e përfytyrova veten në krahët e saj në krevatin e madh bashkëshortor. Po çfarë e shtynte xhanëm këtë grua të më tregonte pikërisht mua detajet intime të familjes së saj? Unë isha askush dhe për të nuk duhej të kisha as edhe një pikë vlere. Fakti që e kisha ndihmuar nuk më vinte në ndonjë pozitë kushedi se çfarë, madje as që nuk e dëshiroja. Ndërsa bëja sikur e dëgjoja atë gojë të bukur, me dhembë të bardhë rruazë si fildish, buzë të holla ngjyrë rozë, e kuptova se në marrëdhënie me të kishte diçka seksuale; një shpresë të vakët se dikur, diku, diç do të ndodhte mes nesh, diçka interesante dhe aventurore, e nxehtë dhe romantike si një lloj shpërthimi vullkanor nga nëntoka e lagësht.

Më shumë se kaq mua më interesonte metamorfoza. Rënia e flokëve për shkak të stresit të jetës bashkëshortore. Tradhtitë e shumta të të shoqit. Mungesat e gjata në shtëpi, në familjen e ngushtë që të përbëhej nga gruaja e tij e re dhe një bebe. Papërgjegjësia për t'i dalë familjes zot e për t'u bërë një burrë i vërtetë në shtëpinë e varfër. Më interesonin marrëdhëniet cic-mici. Jo në detaje. Hollësirat e historisë janë vetëm për ngjyrim. Më interesonte drama që ndihej, kur ndodhte metamorfoza.

Im shoq po bëhej një mjeshtër i vërtetë gënjeshtrash. Sa herë që vinte vonë në shtëpi, do të kurdiste historinë më të pranueshme dhe më të besueshme për veshin e gruas. E përpunonte gënjeshtrën aq bukur, sa më linte pa frymë dhe nuk dija se çfarë të thosha. Hiqej i pafajshëm dhe aq i padjallëzuar, sa unë e shkreta nuk dija se çfarë të bëja, veçse të pranoja pa kishte historinë e radhës. Asnjëherë nuk merrte në telefon, kur vonohej.

Nuk kishte rëndësi se çfarë shkaku paraqiste për justifikim. E rëndësishme ishte se si kishte filluar të ndryshonte. Bëhej nervoz dhe kthente përgjigje të ashpra për hiçgjë. Një herë më tha se kishte vajtur në shtëpinë e një mikut të tij për të mësuar, se si punohet me allçinë. Një herë tjetër se kishte lënë takim me dikë për të parë një restorant, që donte ta blinte.

Vonesat filluan të shpeshtoheshin e të bëheshin në rregullta, aq sa unë nuk e pyesja më. Familja m'u bë një rreth i ngushtë vicioz, ku kisha rënë gabimisht. Shtëpia ishte gracka. E

214

papunë, orë të gjata, mes katër mureve të shtëpisë. Në krahët e mia, një bebe! Një ditë burri më tha të dilja nga shtëpia, sepse e kishte shitur. Më dha nja dy mijë dollarë dhe më dërgoi në hotel. Që nga ajo ditë nuk e kam parë më. Në hotel jetova një muaj të tërë, gjersa gjeta punë si pastruese shtëpish dhe arrita të kontaktoj me ju. Ndoshta, prandaj më kanë rënë flokët."

Gruaja heshti! Sekretit të saj bashkëshortor i mungonte diçka e rëndësishme: sekreti tjetër që bashkëshorti i saj kishte marrë me vete. Ku ishte ai? Dhe çfarë bënte? Përse ishte detyruar të ndahej nga gruaja? Përse e kishte përzënë nga shtëpia bashkë me beben e tij dhe i kishte degdisur në hotel? Kjo familje e thjeshtë shqiptare më bënte të rrëgjethesha deri në poret e lëkurës sime. Nuk ndihesha më Don Zhuan! Zemrën ma kishte pushtuar një dhimbje e egër, që nuk më linte të merrja frymë. Si një hetues i pamëshirshëm i ngula vështrimin viktimës sime dhe po përpiqesha të deshifroja të pathënat, ato të fshehta, që ajo grua e bukur nuk mundej të m'i thoshte. Ngula përsëri sytë mbi kapakun e asaj koke femërore për të përkthyer gërmat e shkruara në ato bashkime kafkore. Dhëmbëzat e ngërthyer, citoplazma, membrana e trurit që dridhej nga emocionet. Në hemisferën e prapme duhej ta kishte goditur dikush me një dru të gjatë e të rëndë, përgjersa hynte në biseda intime me mua, një djalosh askushi, që nuk kishte as dy para mënjanë. Ndoshta e shtynte frika, përzier me pamjen time të ngrohtë dhe gatishmërinë për ta ndihmuar. Në këtë botë të ftohtë akull rrallëkush të thotë "mirëmëngjes". Përtej fjalëve të saj, me vështrimin tim këmbëngulës, arrita të bëj zbulimin e shekullit: ajo grua nuk ishte një qenie njerëzore e gjallë, por një grua e vdekur. Po bisedoja me një grua të vdekur! Kisha futur në ndërtesën time një grua të vdekur, që nuk ekzistonte! Që kishte një bebe, për të cilin përkujdesej përditë. Që nënshkruante çeqet e saj rregullisht dhe më paguante qiranë. Paguante faturat e dritave, të ujit, të gazit, të televizorit. Jetonte si e gjallë me shpirt në dhëmbë, duke pastruar shtëpitë e të tjerëve.

Po! Po bisedoja me një fantazmë të krijuar ndoshta nga truri im i lodhur, subkoshienca e nxehtë dhe e përskuqur si hekuri. Padyshim që ishte një fantazmë, përgjersa ishte e veshur në të bardha. Kafka e gjallë femërore kishte dy sy të bukur, por ata sy kishin një ngjyrë të ndezur. Një ngjyrë zjarri të vakët. I trembur nga zbulimi im, duart filluan të më dridhen. Jo më nga frika, sesa nga kërshëria. Kureshtja e përbindshme dhe vrasëse. Njëqind pyetje pa përgjigje më kapluan kokën.

Kur kishte vdekur? Kishte vdekur apo e kishin vrarë? Ndoshta kisha të bëja me një vetëvrasje. Ajo kishte ardhur nga bota e përtejme në formën e një imazhi femëror për të kërkuar hakmarrje e për të vendosur drejtësinë para Zotit dhe njerëzimit. Kur kishte ndodhur vrasja? Për çfarë arsyeje? "Më falni, zonjë, që po ju ndërpres! Desha t'ju bëja një pyetje: Ju jeni e gjallë apo e. vde.kur?!"

"Unë jam e vdekur, zotëri!" tha gruaja dhe zëri iu drodh.

"Po bebja, a është e vdekur apo e gjallë?" pyeta sërish, ndërsa qindra mornica më përshkuan trupin.

"Zotëri, djali im trevjeçar është i gjallë."

Një grua e vdekur, që kishte dalë nga varri për t'u kujdesur për djalin e saj trevjeçar! Ky ishte misioni i gjithëpushtetshëm, që e kishte nxjerrë nga varri atë grua të vdekur. Ajo nuk mund të braktiste dot fëmijën e saj, edhe përtej vdekjes. Kjo grua shqiptare (e ç'rëndësi ka kombësia?), ashtu si në legjendat e lashta të murosjes vazhdonte t'i jepte sisë bebes, ta ushqente me qumështin e saj të ngrohtë që rridhte pa kursim nga gjiri i vdekur. Kush e kishte vrarë? Ku ndodhej arma vrasëse? Bashkëshorti të ishte vrasësi? Ku ishte ai? Bridhte i lirë rrugëve të Torontos? Një ndjenjë makthi më mbërtheu fytin e nuk më linte të flisja.

"Zonjë, më falni që po ju pyes përsëri. Ju. vdiqët nga stresi, apo nga ndonjë sëmundje e pashërueshme? Të vranë? Apo kryet vetëvrasje? Dhe pse ndodhi e gjitha kjo?"

E ngecur në kufirin mes dy botëve, ajo grua e bukur heshti pakëz dhe buzëqeshi lehtas. Zgjati dorën e saj të hollë me gishtërinj të gjatë dhe me gunga e më shtrëngoi miqësisht dorën time. Nuk më besohej të kishte vdekur.

Ndoshta po meditoja dhe kisha dalë për pak sekonda nga realiteti. Nga ai realitet seksual dhe mortor. Unë isha zgjedhur nga ajo grua jo krejt rastësisht. Mbase duhej të çoja në vend një fjalë të dhënë, një mision të pakryer. Isha futur krejt pa kuptim në një gjendje të tmerrshme dhe të pashpresë, nga e cila duhej të dilja një sahat e më parë. Ndoshta duhej të lajmëroja policinë, ta kapnin këtë grua e ta futnin brenda. A mund ta arrestonte policia një fantazmë? Një zë tjetër i brendshëm më thoshte në thellësi të qenies sime, se unë duhej ta çoja këtë marrëdhënie të dyshimtë gjer në fund e të flija të paktën një natë me të në krevatin e saj bashkëshortor. Të provoja tradhtinë, t'i merrja erë tradhtisë, të bëja seks sa të ngopesha, gjer në agim, gjersa rrezet e para të mëngjesit të zgjonin beben e saj të pafajshëm në dhomën tjetër. Unë nuk kisha tradhtuar asnjëherë dhe nuk më pëlqente të filloja romanca me gra të martuara, madje të divorcuara. Nuk ishte mirë të shfrytëzoje gjendjen shpirtërore të dikujt për të kënaqur instinktet kafshërore seksuale. Ndaj e quaj veten njeri, sepse më karakterizon VETËPËRMBAJTJA!

Këtu nuk bëhej fjalë për dashuri. Kjo grua, e gjallë apo e vdekur, kishte nevojë për ndihmën time dhe unë duhet ta ndihmoj. Edhe përtej mundësive të mia.

"Eja në apartamentin tim ta përfundoj historinë," më tha befas gruaja e më tërhoqi ëmbëlsisht krahun. U çova lulëkuq në fytyrë dhe e ndoqa pas. Një lloj frike dhe afshi seksual më përfshiu të tërin. Hipëm në ashensor dhe mbyllëm dyert. Gruaja tullace shtypi butonin e numrit "23". Brenda pak sekondash filluam të ngjitemi lart.

I shtangur dhe i zhytur në meditimet e mia, prisja me ankth sa të ndalonte ashensori dhe të dilja nga ajo gjendje sikleti e turpi. Duart më zienin nga gjaku i nxehtë. Gjaku më kishte kërcyer në fytyrë dhe më kishte ndryshuar ngjyrën. Gjaku kishte shpërthyer në damarë, më kishte bymyer venat. Qimet e lëkurës ishin ngritur përpjetë si gjemba për shkak të lëvrimit të pakontrolluar të gjakut, teksa përshkonte të plotë ciklin e qarkullimit. Gjak i kuq dhe i trashë!

I ngula sytë në qafën e hollë dhe të bardhë dhe më erdhi ta kafshoj. T'i jepja asaj gruaje një kafshim drithërues e t'i pija nga pakëz atë lëng jetësor. Në agoni ta shihja dhe të më shihte, sesi binim në dyshemenë e ashensorit nga trauma, që të shkakton mungesa e gjakut.

Dera u hap dhe ne u gjendëm sakaq përballë apartamentit të saj. Gruaja nxori me vrokth çelësat dhe më ftoi të hyja brenda. Në mes të shtëpisë, një vogëlush trevjeçar i lidhur pas këmbëve të krevatit me litar mëndafshi. E dashura ime e zemrës e lidhte djalin e saj me litar në shtëpi dhe shkonte për të pastruar shtëpi. Nuk kishte para që të paguante dikë që të kujdesej dhe ja ku kryente padashje një krim.

Nëse do ta denoncoja, atë mund ta arrestonte policia. Një krim i madh i vogël. Secili nga ne është i zhytur në krime të vogla, të riparueshme. I zgjidhi litarët dhe e mori në krahë të burgosurin e saj të vogël. E mbuloi me të puthura dhe i dha gji. Dy sisë të mrekullueshme, të rrumbullakëta, me bardhësi tmerrore. Një grua e vdekur që i jepte gji djalit të saj të gjallë.

Kriminelja e rritur dhe viktima e vogël. Apo krimineli i vogël që torturonte viktimën e madhe? Dy hije, njëra e gjatë dhe tjetra e shkurtër që ngërthehen, marrin nga njëra-tjetra. Përzier mishi! Përzier gjaku! Nuk e di ku fillon njëri dhe mbaron tjetri.

"Një këmbë në mur, një këmbë jashtë, në ajër. Një dorë në mur, një dorë jashtë në eter.

Një sy në mur, një sy jashtë për të parë botën. Një sisë jashtë, një sisë brenda. Dhe trupi i ngjeshur i tëri në llaç. Ai trup femëror, seksual dhe i lagësht.".

Djalin e zuri gjumi në krahët e saj dhe unë u përmenda sakaq nga legjenda. Ajo e vuri lehtazi mbi krevat dhe më tërhoqi nga dora drejt dhomës së gjumit. Filloi të zhvishej, ndërsa mua më mbuluan mornicat. E putha befas në rrëzë të qafës. Në qafë është më lehtë ta puthësh një femër. Buzët janë kështjella e fundit. Po puthe buzët, gjithçka merr fund. Ndjeva njomështinë e buzëve të saj në faqe. Ajo grua lozte me mua, me fantazinë time të lodhur.

Ajo nuk ishte një grua e vdekur. Kishte qumësht në gji. Buzë të freskëta, të ngrohta, të buta si petale. Pasion njerëzor.

"Më the, se ke vdekur!" fola unë përçart.

"Kështu besoj! Flokët janë gjysma e bukurisë së gruas. Pa flokë jam një fantazmë që shëtit në rrugë."

"E gjallë apo e vdekur?!"

Kisha folur me zë.

"Ky djalë i vockël është njeriu më i dashur i zemrës. Kur qan, unë hedh tutje pllakat e varrit e ngrihem t'i jap gji. Kur qesh ai, bota mbushet me dritë. Por jeta po më bëhet e rëndë. Nuk punoj dot më. Ndjehem e këputur dhe duart nuk më bëjnë më ta lidh me litarë pas krevatit, si një kriminel të vogël. Thashë "kriminel". Ai po më ha shpirtin ngadalë, një çikë e nga një çikë. Po më ngjall kancerin." Gruaja mbylli sytë e filloi të qajë mbyturazi. Duart filluan t'i dridhen nga ngashërimi i thellë. U afrova ta përkëdhel, por ajo më rrëshqiti nga duart. Qëndroi përballë krevatit të fëmijës së saj e ngurosur. Një shprehje e hekurt i mbulonte fytyrën e zbehtë. Në një krisje sekonde më kaloi vetëtimthi një mendim në kokë se ajo grua ishte gati të kryente vetëvrasje. Ishte aq e dëshpëruar, sa pata përshtypjen se mund të hidhej në çast nga kati i njëzetetretë. Iu avita instinktivisht dritares dhe e bllokova dritën me shpatulla. Gruaja qeshi me nënçmim e më ktheu kurrizin. Mbylla sytë i lodhur dhe u ula në gjunjë. Diçka e madhe do të ndodhte. E madhe, e pabesueshme, e pandodhur ndonjëherë dhe e shëmtuar. Në flegrat e hundës ndjeva erën e vrasjes, erën e një krimi makabër dhe të rëndë.

"Burri më hodhi në rrugë e më la peshqesh pjellën e vet! Këtë fëmijë, që e kam si zinxhir në këmbë kudo që shkoj. Ky polic i vogël po më nxin jetën. Mendoj se misioni im ka marrë fund. Më duhet të kthehem atje ku isha: atje ku përkas dhe jo gjendem aty, ku nuk duhet. Unë nuk përkas këtu. Fëmija im meritonte një baba. Përgjersa nuk e ka, ai nuk duhet të ekzistojë. Duhet të dënohet me vdekje!" Gruaja më nguli sytë e saj flakërues për të kërkuar një përgjigje pohuese, por unë kisha shtangur pa frymë përdhe dhe po më merrej goja. Nuk isha në gjendje të lidhja dy fjalë, ndërsa e shikoja atë engjëll të bardhë në krahët e asaj gruaje të shfytyruar nga dhimbja. Gruaja e ngriti nga shtrati dhe iu afrua dritares me fëmijën në krah. Djali flinte ende gjumë. një gjumë krejtësisht nanuritës, të ëmbël dhe të pafajshëm. Gruaja hapi njërin kanat të dritares dhe me dorën tjetër hodhi fëmijën në hapësirë. U ngrita i tromaksur dhe u sula drejt dritares. Zemra më ishte çarë më dysh nga tmerri dhe nuk kisha më fuqi të flisja. Vetëm rënkoja rëndë nga dhimbja njerëzore.

"Oh! Oooooohhh! Pse e bëre? Pse? OH!" Thashë vetëm "oh", si në romanin "Oh", të Anton Pashkut.

Nxora kokën jashtë! Fëmija po rrëshqiste me shpejtësi në katet e poshtëm. Pelenat e bardha valëviteshin si flamuj zhgënjimi, ndërsa mua më ishte kallur mandata. Hodha sytë rrotull për të gjetur një litar, për ta lidhur atë grua. Iu sula krevatit të zbrazur foshnjor. I ndërkryer i rashë numrit treshifror 911 për të thirrur policinë.

Gruaja qeshi në mënyrë histerike. Më zbardhi dhembët e saj prej të vdekure dhe hungëriti si kone e plagosur. U ngjit në parvaz pothuajse e zhveshur. Për herë të parë nuk po më tërhiqnin më hiret e saj trupore.

"Sapo dënova tim bir me vdekje! Tani jam e qetë të kthehem në varr!" tha dhe u hodh.

Fërkova sytë! Përpëlita qepallat! Mos kisha parë ndonjë ëndërr? Ku ndodhesha? Unë çuditërisht nuk ndodhesha në katin e njëzetetretë, por në zyrën time në katin e parë, duke rrufitur një kafe. Në tryezë kisha numrin e sotëm të gazetës "Toronto Star", ku në faqe të parë ishte botuar fotografia e një fëmije. Babai e kishte hedhur vajzën e tij trevjeçare nga ura dhe më pas ishte hedhur edhe vetë. Ndoshta gruaja tullace nuk ekzistonte. Ekzistonte ai lajm i gjallë dhe i zi i botuar në gazetë dhe fantazia ime e lodhur nga drama njerëzore. Mora frymë lehtësisht. Të paktën unë nuk jam dëshmitar në vrasje! Jam thjesht një lexues që psherëtin dhe kalon ngeshëm faqet e gazetës nëpër gishta e rrufit i tronditur kafenë. Vesha pardesynë. Më mirë të dilja për një shëtitje në ajër të pastër. Do të më bënte mirë, për shëndetin tim. Për nervat. Me bisht të syrit kap një fragment gruaje tek nxiton për diku. Ka një shami në kokë, të lidhur fort pas kafkës. Mos vallë është ajo.? ngërthehem nga tmerri dhe mbyll derën nga pas. Më duhet të ndaloj së menduari për të e të bëj patjetër një shëtitje në ajër të pastër.

Libri i tij më i fundit në gjuhën angleze është "The Thin Line" botuar nga Mawenzi House në tetor të këtij viti. Romani përshkruan ngjarjet e vitit 1999 në Kosovë dhe përpjekjet që bëjnë të mbijetuarit për të kuruar sadopak plagët e luftës. "The Last Will", një roman i bazuar në gjenocidin e Çamërisë, u botua nga IOWI në vitin 2013. Lajmi për këtë roman do të jepej edhe nga Ministria e Jashtme Greke një muaj më pas me një komunikatë të posaçme. "Beyond The Edge" tregime të shkurtra, u botua në dhjetor 2010. Një version në gjuhën angleze i dramës "Mbretëresha Teuta e Ilirisë" u botua në vitin 2008. Një version në shqip i "Teutës" u botua në vitin 2014.

Drama në shqip "Genti" është botuar në 2017-ën, ndërsa libri me ilustrime për fëmijë "Queen Teuta and the little prince" u botua në anglisht, po në vitin 2017.

Tregimet e tij të shkurtra shfaqen në katër antologji: "Lest I forget" -IOWI, "Zërat Kanadezë" - Bookland Press, "Literary Connection" dhe "Courtney Park Connection" -IOWI. Novela e tij "The Hunter" u përzgjodh nga Quattro Books për konkursin "Ken Klonsky" në vitin 2015. Eshtë autor i katër librave në gjuhën shqipe dhe ka punuar si gazetar për gazetën "Ushtria" dhe "Shekulli", një gazetë ditore. Disa botime shfaqen në revistën "Spektër" dhe në gazeta të tjera lokale në Shqipëri. Vetë Kapllani veçon botimin e përmbledhjes "Babai në shishe", së cilës i rikthehet herë pas here në Smashwords. U diplomua si oficer i artilerisë kundërajore në vitin 1990, Akademia Ushtarake "Skënderbej". Vite më vonë u diplomua si mësues i Shkollës së Mesme për Letërsi dhe Gjuhë Shqipe, Universiteti i Tiranës, Fakulteti i Historisë dhe Filologjisë, në vitin 1998.

under L.L.B.O.

OPEN

VISA

PASS

NO SMOKING

$9.

ARGE